奇 緣

劉樹華　著

香港報紙小說的一種風貌——序
劉樹華《奇緣》　　黎漢傑

　　八、九十年代以後出生的文青對劉樹華這個名字一定非常陌生，但其實查考歷史，他在一九八三年獲香港電臺城市故事小說創作比賽優異獎，一九八四年獲得第三屆工人文學獎亞軍。之後，劉樹華就積極在多份報刊撰寫專欄小說與雜文，題材、背景多和低下階層例如工廠工人以及的士司機有關。前者可見他對工人處境的關懷，後者則可說是取材自他本身職業平日耳聞目睹的見聞。他在一篇訪問時就曾這樣說自己是這樣寫作的：「由於家庭負擔重，我不能光靠寫稿謀生，只好日間揸的士，晚上寫稿。這雖說不容易，但由於愛好，樂在其中，也不覺太辛苦。至於題材的構思，只有在駕車時進行。因此，有時走錯了路，會受到乘客指責。」[1]

　　作者撰寫的這一批小說，均是連載在一九八三至一九八四年之間的《星島晚報》，當時屬於每日刊載，可以想見，為了吸引讀者，作者總要設計奇險曲折的情節，篇章要有足夠多懸念的成分，才能有「收視保證」。因此，這一批小說，其實都是屬於「言情」小說，橋段充滿「奇緣」。當然，在今天看來，難免會覺得像電視劇的內容，過於似曾相識，但不代表作者沒有自己獨立的創造發揮於其中。

在通俗文藝中加入嚴肅文藝創作技巧

例如在〈奇緣〉這篇小說，一開始就是敘事者的胡思亂想：

> 最近我被一個問題困擾著，弄得食不知味，夜裡經常失眠！
>
> 因為我遇見她，一個使我心跳、使我六神無主的人！
>
> 每天黃昏，我下班排隊搭巴士回家，總在車上看見她。
>
> 最初她和一般少女一樣，並不曾引起我的注意。遇見的次數多了，也只是個陌生的熟人而已。有一天我上車時，她不在車上，我竟然若有所失！
>
> ⋯⋯
>
> 我對她一見鍾情？我在造夢嗎？
>
> 不！我絕不在癡人說夢。

這種自問自答，一時肯定，一時否定的心態，活現一個年輕人面對愛情的忐忑。值得注意的是，上述段落都是敘事者的內心獨白。這種內在的聲音，是針對浮上意識層面之上的口頭獨白。雖然看似有點無厘頭，但是邏輯思維仍然清晰可辨。

---

1. 見漢聞：〈從的士司機到作家　劉樹華追求豐盛人生〉（《文匯報》，1989 年 8 月 14 日）

除了內心獨白,「夢」這種閃現潛意識的迷離活動也經常出現在作者筆下。單論字詞,「夢」這個字就已經出現了三十一次之多。至於具體場景,上述〈奇緣〉的「我」晚上回到家胡思亂想佳人的心意之後,就做了一個奇怪的夢:「我在迷矇中睡着時,做了一個夢。夢見她和我公司的頂頭上司在教堂行婚禮!」後來敘事者被惡意作弄之後,則發了一個惡夢:「也好,幸而還未泥足深陷。今後就與她一刀兩斷,徹底忘記她!我整晚被無止的惡夢所糾纏!」可見,正如心理分析所言,夢就是人現實的投射,夢的好壞,其實都是具體牽連到當時的現實處境。

當然,夢除了是對未來的一種寓言,更可以是對現實感情狀態的形容。在〈裂痕〉,許娟的丈夫另尋新歡,之後雙方爭吵,丈夫說道:「但是直到現在,你仍住在我家中,而我每晚都回來與你共睡一牀。雖然大家同牀異夢,感情是不會有的了。但我仍竭力忍受。」在這裏,夢變成一種對感情刻劃的修辭,具體而微地點出當下兩人的裂痕,隱然預示了後來許娟的離家出走。

至於夢的更進一步,則有所謂幻覺。這種幻覺,經常伴隨著當事人的驚恐心理而出現,突顯的是一種心理波動、情緒起伏。在〈裂痕〉的後半段,許娟就有出現過這種幻覺:

> 她想起丈夫對她的羞辱和掌摑,狠心閉上眼睛!
> 他動手脫去她的裙子!
> 她彷彿看見丈夫和小玉全身赤裸,倒在床上!她流下了眼淚!
> 他脫去了自己的長褲!
> 她看見小玉擺動水蛇腰向她冷笑!

> 她仇恨地萌起報復的念頭！
>
> 張文仍在她身上狂吻著！
>
> 她已經淚流滿臉！
>
> 他如箭在弦，動手剝去她僅餘的內褲！

　　她見到丈夫和情人偷情的畫面，無疑是幻覺，但正是這種幻覺，讓她有了也去偷情的動機。道德意識與報復心態兩者互相在她的內心拉扯掙扎，在當時連載的報紙小說，這種表達手法可算頗具創意。

　　由此，我們可以發現，劉樹華的報紙小說，除了一般的通俗情節設計，以及對話帶動橋段、氣氛之外，他很著意於心理描寫的經營。這當然和他的閱讀興趣有關，他自己就曾多次在社交平臺說過，受劉以鬯的影響很大。翻查當年這一批作品刊載的版面，其實旁邊就是劉以鬯的譯寫專欄。如此，他熟悉劉氏的現代主義創作技巧，是非常自然的。

從自己身邊出發的素材

　　再翻看當時的版面，其實劉樹華除了一邊寫這個小說專欄，旁邊的的士司機雜文專欄都是他執筆的。這個專欄，當然是根據他「司機劉」日常的所見所聞而寫成。無獨有偶，他的小說，不少篇章都會和交通工具，尤其的士有關。

　　〈奇緣〉男女主角的邂逅就是在巴士站，請看敘事者在那段日子等候巴士的所思所想：

　　每天黃昏，我下班排隊搭巴士回家，總在車上看見她。

　　當我與她站在擠迫的巴士上，距離僅有數吋，彼此雖沒有說話，但她沉默的眼神卻向我表達了豐富的內容，使我的心無端劇跳起來！

　　從此我搭上巴士，眼睛便搜索那熟悉的倩影，想辦法迫近她身邊。

　　「為甚麼她今天不在巴士上？是病倒了，還是辭職不幹？公司加班，還是赴男友的約會？」

這個場景設定，就是兩人愛情的一個引子。

　　至於上文提及的士，書稿統計出現了三十一次，頻率和「夢」一樣高。而很多時候，它的出現，都起著推動重要情節的作用。例如在〈紅顏〉，周為群截停一輛的士，強拉巧蓮上車，開啓了之後周為群奪得巧蓮芳心的劇情。其後，富商胡偉業使詐，設計謀害周為群，欺騙巧蓮時，的士又出場了：

　　　「我坐的士回來，在附近看見他。」
　　　「不要提他好不好？」
　　　「好。今晚你想吃甚麼？」
　　　「今晚才算吧。」
　　　胡偉業想入內，巧蓮叫住他。
　　　「甚麼事？」
　　　「我走不動了，你抱我入去。」

之後就是胡偉業奸計得逞，巧蓮被蒙在鼓裏，甘願做他的情婦。

的士也出現在〈裂痕〉，插入在許娟嘗試偷情最後懸崖勒馬的情節：

> 她截了一部的士，兩人上車。
>
> 「西貢郊野公園。」她說。
>
> 「為甚麼去那麼遠？」
>
> 「我約了小玉去那裡。」
>
> ⋯⋯
>
> 的士進入西貢公路，在轉一個轉角時，許娟身體向張文傾斜，兩人便貼坐在一起。但在駛回直路時，她並不坐開些。張文接觸到她的身體，感到有一股熱力傳來。
>
> ⋯⋯
>
> 「先生、太太，到了。」的士司機說。
>
> 她付完錢，和他一同落車。
>
> ⋯⋯
>
> 許娟立刻穿回T恤及裙子，手挽高跟鞋，狂跑落山！
>
> 當她跑落馬路，坐上一輛新界的士時，心才定下來。但是，左腳板傳來一陣刺痛，原來腳底劃破了一道傷口，血正在流！
>
> 「小姐，你被人打劫嗎？」的士司機問。
>
> 「不是⋯⋯不是！我沒有事。」
>
> 她在西貢市區落了車，坐上一輛市區的士回家。

的士載著兩人去到渺無人煙的荒山野嶺，一個隔絕的空間，讓許娟面

臨報復與道德的掙扎。如果沒了的士，沒了一個隔絕的空間，許娟自然在意其他人的目光，以上嘗試越軌的念頭，就很難付諸實行。因此，的士其實是開啓了她內心試煉之旅的媒介。而她在最後一刻，還是無法割捨對丈夫的愛，狂跑落山，自然也就是一趟試煉的結束，預示了裂痕的結果：最終還是得以修補，回復以前的生活。

　　每個作者都會有特別愛好的小道具，這些小道具，可以權充一個故事的背景，例如〈奇緣〉的巴士與巴士站，相識、相遇、相愛，都在來來回回無數次的巴士場景中發生。它雖然不是推進情節的推手，但是卻具有渲染氣氛的作用。至於像〈裂痕〉與〈紅顏〉，的士就變成推進劇情，讓故事曲折離奇，起伏波瀾的小道具。

結語

　　劉樹華的報紙小說，當然是通俗的，但不代表作者沒有運用新的手法於其中。他吸收了當時的現代主義創作手法，運用了諸如心理獨白、夢境、幻覺、電影感、黑色幽默、反諷等，目的都是希望不落於俗套。另外，劉氏的創作，無疑也會收到自身現實生活影響，在他的筆下，每日工作賴以維生的交通工具，都成了他經常使用的小道具，或為推動情節，或為渲染氣氛的背景，也容易為閱讀報紙的低下階層所共鳴。

二〇二一年四月二十六日

《星島晚報》刊載〈奇緣〉版面

《星島晚報》刊載〈裂痕〉版面

《星島晚報》刊載〈二十年恩怨〉版面

《星島晚報》刊載〈裂痕〉版面

目 錄

奇緣

最近我被一個問題困擾着，弄得食不知味，夜裏經常失眠！

因為我遇見她，一個使我心跳、使我六神無主的人！

每天黃昏，我下班排隊搭巴士回家，總在車上看見她。

最初她和一般少女一樣，並不曾引起我的注意。遇見的次數多了，也只是個陌生的熟人而已。有一天我上車時，她不在車上，我竟然若有所失！

晚上躺上牀，她的倩影便在我腦中浮現：她大概二十歲，穿着純潔的白恤衫，深藍色裙子。一把秀髮，像瀑布般垂在肩上。橢圓形的臉，不高不低的鼻樑。唯一缺點是口大一點，不像古典美人的櫻桃小嘴。她的眼睛不大不小，卻清澈明亮。

「為甚麼我會這樣清楚？」我問自己。

我想了很久，才省悟自己一直注視着她！

二十四歲是一個造夢的年齡！

我對她一見鍾情？我在造夢嗎？

不！我絕不在癡人説夢。

她若對我毫無反應，怎會在我心中激起情感的波瀾？正如人們向水中投下一粒石子，激起一圈圈的漣漪一樣！過去的無數個黃昏，當我與她站在擠迫的巴士上，距離僅有數呎，彼此雖沒有説話，但她沉默的眼神卻向我表達了豐富的內容，使我的心無端劇跳起來！

從此我搭上巴士，眼睛便搜索那熟悉的倩影，想辦法迫近她身邊。

「為甚麼她今天不在巴士上？是病倒了，還是辭職不幹？公司加班，還是赴男友的約會？」

想起赴男友的約會，有一種莫名其妙的妒意，在我的心中萌芽！

「不會吧！她只有二十歲。而且，她看着我的眼神……」

我在安慰自己。

「怎麼不會？她美麗端莊，一定有不少人拜倒石榴裙下。你自作多情吧了！」

我在迷矇中睡着時，做了一個夢。夢見她和我公司的頂頭上司在教堂行婚禮！

醒來，我嚇出一身冷汗！

這一天工作中，我幾次打錯字，被上司狠狠地責罵！

黃昏放工，我沒精打彩搭上巴士，雙手扶着頭上欄杆，對任何事情都不感興趣！

無意中我望向旁邊，竟看見她就站在我身旁。一陣驚喜襲來！我癡癡地看着她。她看見了我，回報一個含蓄的微笑！忽然，她的臉一下紅了起來，像一朵含羞的鮮花！然後，她低下了頭，眼睛看着窗外。這時，我才意識到自己的失儀，急忙將視線從她臉上移開。

每次我們都在同一個站落車，她一定住在我附近，這太好了！

「一會落車時，跟在她背後，看她住在甚麼地方？」

我心中盤算着，被一種異樣的興奮佔據着！

「不行！若被她發覺，懷疑我有不良企圖時，豈不全功盡廢嗎？」

我心情矛盾，不自禁再望向她。她已經恢復了自然，眼睛很正經地凝視着窗外，好像我根本不存在一樣。

在失望折磨下，我承認自作多情了！

我們並排站在巴士上，像兩個陌生的過客。

忽然，她向我靠近。她的肩膊貼着我的肩膊。我一陣驚喜，情不自禁看着她。但是，她臉上卻露出憤怒的神色！我的自尊受到打擊，決心不再看她。

但我低頭一想：她的做法和表情是矛盾的，為甚麼？唔……她的怒意不像是向着我的。當我再望向她時，頓然明白了：有個三十幾歲男子，企圖迫近她身邊，她因而生氣！我狠狠地看了他一眼，男子不但不收斂，還迫近她，用肩膊去接觸她的身體！

她的臉漲得通紅，求助地看了我一眼。但我除了用眼神警告他，還有甚麼辦法？而且，我的眼神根本毫無作用！

突然間，她改變了站姿，由原來與我肩貼肩，變成她的前胸貼着我的肩膊。這樣她就可以避開那男子的接觸了。刹那間，我的肩膊有種溫熱而又軟綿綿的感覺，整個人像觸電一樣！

我真想也改變姿勢，和她胸對胸，像情人的擁抱一樣！

「但是不行，還會嚇怕她！而且，和那男子沒有分別了！」

我盡量用感覺去享受她軟綿綿的身體！

她的身體緊貼着我。有一種少女特有的體香衝擊着我！

我的心充滿了遐想！

在那男子和我之間，她選擇了我！她根本不必這樣做，也可避開他。由此證明，她對我是有意的！

落車時，我有一種尾隨她回家的衝動，但她卻用冷淡拒絕了我！

第二天的黃昏，我又在巴士上看見她，而且，她也看着我。我努力迫近她。她好像期待着我。

「現在正是和她打招呼的時候了。向她點一下頭吧！」

但是，當我想向她點頭時，忽然一陣劇烈的心跳襲來，使我的勇氣退縮了！

我望向她，見她正用鼓勵的眼神看着我！當我勇氣消失時，她似乎有點生氣！不，她似乎有點看不起我！

為了證明我不是懦夫，我大膽接近她，和她肩貼着肩。而她，這時卻不看我，好像在等待，等待我問她：「小姐，回家嗎？」

但是，每次我想向她打招呼時，話到舌頭，竟會説不出來，最後被迫沉默！

「你還是男人嗎？竟然不敢和她打招呼！」我在咒罵自己！

我只能用沉默的眼神和她作心靈上的交通！

落車時，她回看我一眼，眼神中有很深的含意。

我決心跟着她，看她住在甚麼地方？

她默默走路，腳步比平時為快，好像知道我跟在她後面一樣！

過馬路時，她回頭一看，發現了我，於是狠狠地白了我一眼，急步走過馬路。

被她白了一眼，我竟停止了前進，不敢跟過馬路！

「真沒有用！」我責罵自己。

晚上我失眠！

我想了很多個和她打招呼的方法。

但我缺乏實行的勇氣！

因為我害怕失敗！

公司也不是沒有女同事，我與她們有説有笑。

鄰居的女孩子，我和她們很熟。

但我竟不敢向一個陌生的女孩子打招呼！

醒來時，頭很重、很痛，真想告假一天，但為了見她一面，我只得勉強支持。

回到公司，一個同事說：「看你近來心神恍惚，被感情困擾着吧！」

「沒有的事！」我的臉一下紅了。

「還不認？你的神色已告訴我們了。是有第三者介入嗎？」

「我還未認識她！」我說。

我被他們笑得無地自容！

黃昏，街上落起了悶雨，使我心情更煩悶！在店鋪買一把雨傘，趕往巴士站。

上了車，我又看見她。她對我嫣然一笑！

我想露出笑容，肌肉卻不聽使喚！

雨愈下愈大，玻璃窗都關上，街上一片迷矇！

落車時，我看見她手上沒有雨具。

她用期待的眼神看着我！

這應是最好的時機，我應該打開雨傘，大方地對她說：「小姐，我遮你吧！」這樣，我便認識她了。但我竟然不敢，只傻看了她一下，便持傘獨行。

我的心中，充滿了後悔！

「先生，讓我遮一下好嗎？」

傳來一陣銀鈴似的聲音，一個窈窕的倩影匆匆走近。我回頭一看，竟然是她！我歡喜得說不出話來！

我們自巴士站行過一條馬路，走進樓宇下。

「謝謝你，先生。」

她不是住在這兒呀，而雨還下着！我應對她說：「小姐，我送你回去吧！」多麼順理成章。

但我沒有邀請她，獨自前行！

雨愈下愈大，我的心跳愈來愈響！

一個聲音在叫：「回頭吧，她正在等你！」

我不敢回頭！

突然，她兩手掩頭，在雨中疾走，跑在我面前。當她越過馬路時，一輛私家車飛馳而至，她嚇得跌倒在地上！司機咒罵了幾句，揚長而去，積水濺滿她全身！

我毫無思索，跑上去扶起她：「你沒事吧？」

她搖搖頭，露出一個感激的微笑！

「我送你回去吧！」

話說出口時，我才發覺語氣生硬，而且走了音！要不是我們天天見面，她一定會懷疑我有別的企圖！但她沒有：「多謝你。」她說。

我和她在雨中漫步，啲啲嗒嗒的雨聲落在傘面上，充滿詩情畫意！

「小姐，你貴姓？」我鼓起勇氣問。

「我姓陳。」她說。

「我姓李。」我說。

「李先生。」

「我們已見過很多次面了。你的家就在附近嗎？」

她羞澀地點點頭。

「我到了。」她站在大廈門口。

「我送你上樓？」

「不用了。再見。」然後，她紅着臉，跑入大廈內。

我回到家中，覺得一切事情都充滿光明！

對於雨，我忽然產生了濃厚的感情！

晚上，我吃得特別多，和家人很雄辯地談論各種問題，深夜還不想睡覺！

十二時了，房子被黑暗統治着。我張開眼，躺在牀上，輕輕地唸着：

兩手相挽，凝眸相視：這樣開始了我們心的紀錄。

這是三月的月明之夜；空氣裏是指甲花的甜香；我的橫笛遺忘在大地上，而你的花環也沒有編成。

你的番紅花色的面紗，使我醉眼陶然。

你為我編的素馨花冠，像讚美似的使我心迷神馳。

這是一種欲予故奪、欲露故藏的遊戲；一些微笑，一些微微的羞怯，還有一些甜蜜的無用的掙扎。

你我之間的這種愛情，單純如歌曲。

第二天起來，雖是睡眠不足，但我精神奕奕！

坐在公司寫字枱，眼睛不停注視牆上的電鐘。

好不容易等到五時來臨，立刻走去巴士站。上了車，眼睛像小偷四處搜索。

找不到她。我像個洩了氣的皮球！

車上一個少女，她有瀑布般披肩的長髮。

無意中我看她一眼，她也回過頭來，四隻眼睛碰在一起，擊出了驚喜的火花！果然是她。她今天沒有穿純潔的白恤衫，也不穿長裙，

而是穿了粉紅色恤衫，和米黃色西裙，顯得她更成熟了！

我幾經辛苦迫近她。她眼睛故意往別處看。

「陳小姐。」我説。

她回過頭來：「李先生。」

「你今天很美麗！」

她白了我一眼，好像在説：「想不到你也口花花！」

我不敢再説話，只好沉默着，像個傻子！

落車時，我迫開眾人，讓她先落。

她旁若無人獨自回家。

「陳小姐。」我追上她。

「甚麼事？」

我不知如何是好？而她也微帶羞澀眼看地上，站着不動！

「我們一起行好嗎？」我説。

她沒有回答，逕自向前行去。

我跟着她，像個聽候吩咐的僕人。是的，能夠做她的僕人，我已心滿意足！

「我到了，李先生。」她説。

「我送你上樓？」

「不必了。」

她行入大廈，腳步比平時慢，大概為了我的失望而不安！

「陳小姐，」我追上她：「可以寫你的電話號碼給我嗎？」

她精細地凝視着我。我像個等待答案的考生！

「那你得先寫你的電話給我。」

「當然，當然。」我説。

我們彼此交換了電話。我愉快地離去。

晚上，我苦苦思索，我尋藉口約她出街。

「陳小姐，我們去看一場電影好嗎？」

但看甚麼電影呢？

「陳小姐，去看公餘場好嗎？」

不行，太寒酸了！而且，公餘場多是色情電影，怎能和她去看，想給她掌摑嗎？

「陳小姐，我們去餐廳鋸牛扒好嗎？」

也不行，太市儈了！

「陳小姐，今晚去行姻緣道好嗎？」

但我們還未到這地步呀！

我抓破頭皮，也想不到個好主意！

怎麼辦？怎麼辦？怎麼辦？怎麼辦？

呀，有了：「陳小姐，你不介意和我吃晚飯吧？」

這樣最得體了。但在甚麼地方問？在巴士上？萬一她生氣或很冷淡，在眾目睽睽下，去哪裏找個地洞鑽入去？是了，落車後說！

第二天起來，正想出門，被媽叫住。

「甚麼事？」我問。

「你昨夜發夢，頻頻說着『落車後說』，是甚麼意思？」

「這是我的一個重大秘密！」說完，我笑着出門。

幾經辛苦，終於到五時，下班了。匆匆走去巴士站。上了車，眼睛四處張望。

「李先生。」一個嬌滴滴的聲音。

抬頭見佳人就在前面，急忙衝鋒陷陣，擠近她身旁。

「陳小姐。」我説。

我們並排站着，沉默着。

落車時，我跟在她後面，心竟猛跳起來！

我想跟上她，又不想跟上她。

她故意放慢腳步，等我跟上她。

我與她並排而行，心跳比腳步還快！

「陳小姐。」我鼓起了勇氣。

「甚麼事？」她看我一眼。

「沒甚麼。我是説，你的頭髮很柔軟！」

她微笑了一下。

我們行過馬路。已過了一半路程，我心急如焚！

「陳小姐。」我説。

她向我嫣然一笑，很嫵媚，這不是鼓勵我開口嗎？但不知何故，話到舌頭，又説不出口！於是喪氣地搖搖頭。

她的家快到了，我急得手心冒汗！

「我到了，拜拜！」她説。

「陳小姐。」我急起來，捉着她的手。

她有點驚惶，看看我的手。我急忙放手。

「我想請你吃晚飯！」

説完，我像個犯人，等待宣判！

沒有回答。莫非她生氣走了？我抬頭，見她有些臉紅，眼看地上。

「好嗎？」我機械地重複。

她仍眼看地上不言語。良久，她抬頭看我一眼，急忙移開視線。然後，她向前行去，卻不入大廈。即是説，她答應了！

在餐廳內，她告訴我名字叫露霞。

「我以後叫你露霞好嗎？」

「好。」她説。

「你也可以叫我的名字。」

「明哥。」

「你喜歡踩單車嗎？」

她搖搖頭。

「釣魚？游泳？」我問。

「我喜歡拍照。」

「被人拍照？」

她點點頭。

「那太好了。我也喜歡攝影！後天星期日，我們去郊外拍照好嗎？」

「後日才算吧。」

不過，我仍然有百分之五十機會！

星期六晚，我打電話給露霞，想約她去郊外獵影。但她的聲音很冷淡，而且一口拒絕了我！

「為甚麼？」我問。

「我有約。」

「前晚你為甚麼不説？」

「我有答應過你嗎？」

「你分明存心戲弄我！」

「李先生，我是有選擇自由的！」

説完，她掛斷了電話。

原來她已經有了男朋友，我大失所望！但她又為甚麼和我吃飯？多少天的黃昏，我們在巴士上，她沉默的眼神向我表達過多少情意！究竟為甚麼？是為了戲弄我嗎？

我絕望地躺在牀上，被憤怒所襲擊！

「或許我真的自作多情？！」

也好，幸而還未泥足深陷。今後就與她一刀兩斷，徹底忘記她！我整晚被無止的惡夢所糾纏！

星期一，垂頭喪氣上班，工作幾次出錯！黃昏下班，沒精打彩去搭巴士。上了車，我看見她，並不行近她身邊。但我總情不自禁偷偷看她。不一會，竟神推鬼使站近她旁邊。我沒有叫她。她也沒有叫我。

落了車，我故意放慢腳步。她回頭看我一眼，見我沒有跟着她，於是，便加快腳步，走了！

一天。兩天。三天。我們在巴士上互不理睬，彼此冷戰着！

第四天黃昏，我仍在巴士上，她的旁邊。

今天她似乎特別生氣，因為我四天沒有叫過她。

一個青年迫近她旁邊，我注意着。果然，他伸手摸了她屁股一下，她驚叫起來！我立刻捉着青年的手。

「你幹甚麼？」他説。

「你摸她屁股，還問幹甚麼？」

色狼有些膽怯，退後幾步：「你不要含血噴人！你自己摸她，還説是我！」

「你……」我氣得臉色鐵青。

眾乘客分不清是非。

「明哥，我怕！」露霞投入我懷中，我聽見她的心跳。

乘客知道誰在賊喊捉賊，都鄙夷地看了青年一眼！

「小姐，你想告他嗎？」一見義勇為乘客問。

她看看我，用詢問的目光。

「算了吧！」我説。

她再依偎着我。

落車後，我乘機挽着她的手，但她輕輕地甩掉了！

過馬路時，我再握着她的手。她略作矜持，但沒有甩開。

因上次不愉快的經驗，我不敢再約她。

「明哥，上次真對不起！」

「算了，我已忘記了！」

「這個星期我有空。」

「真的？」

她微笑點點頭。

「我們去水塘拍照，好不好？」

「好。」她平淡地説。

星期日，我和露霞去水塘漫步。她穿着血紅的恤衫，黃色裙子，一對高踭鞋。

「你今天的打扮很搶眼！」我説。

「口花花，」她白了我一眼。

「我説的是真話。像你的紅衫黃裙，站在綠樹下，或坐在綠草叢中，拍出來的彩色照片最美麗！」

她因我的讚美而高興。

我用標準鏡替她拍了幾張全身照。然後，換上一零五毫米人像鏡拍幾張半身照和臉部大特寫。

最後我裝上原來的標準鏡，取出腳架説：「我用自拍掣替我們合影。」

她微笑無言。

她站在灌木叢中。我對好焦距，按動自拍掣，迅速走近她，兩人並排站着。一聲輕響，便完成了。

收起了相機，我們手牽手行向水塘引水道。周圍一片寂靜，只有腳步聲和流水聲，花的香氣和蟬鳴，遠處有一片樹葉飄下，慢慢降落在水面上，迅速被流水帶走了！

「流水落花！」我嘆息説。

「應該落葉才對。」

「人生聚散無常！」我説。

「你怎會老氣橫秋？」她笑看我一下。

當然，我還年青，未嘗過甚麼甜酸苦辣，自然體會不到流水落花的意義。但我今天和她在這裏手牽手漫步，説不定明天或甚麼時候，我們可能會分開的！

我心中有一種不祥的預感！

我有一種莫名的恐懼！

「明哥，你握得我的手很痛！」她説。

「對不起！」我急放鬆手。

「你好像有心事！」她説。

我們行入一條小徑，在草地上坐下來。

「你有甚麼心事？」她問。

「我唸幾句詩給你聽。」

她一雙清澈的眼睛看着我。

你別眷念她的心，我的心呵，你把它留在黑暗裏。

假若美麗的只是她的秀姿，微笑的只是她的臉，那又該怎樣呢？讓我毫不猶豫的領受她那秋波裏的單純的意義，而感覺幸福。

若是她的雙臂圍繞着我，只是一張虛幻的網，我也決不介意，因為羅網是華貴而稀珍的，而欺騙也可以付之一笑而淡忘。

你別眷念她的心，我的心呵，若是這樂曲尚不失其真實，縱然言詞不足為信，你也該心滿意足：你且欣賞她那如百合花在粼粼的，迷人的水面上舞蹈的優美，不管水底會藏着甚麼。

「這是你作的詩？」

「我沒有本事。這是印度詩人泰戈爾的詩。」

「也算你坦白！不過詩中好像有點傷感！」

「不多愁善感，也不叫做詩人了！」

「這是讚美還是諷刺？」

「大概兩者都有吧！」

我們又閒談了半小時，然後她說：「我們走吧。」

「你背後有蛇！」我大聲説。

她急忙撲倒在我懷中。我緊緊擁抱着她。

「蛇呢？」她很久才敢睜開眼。

「走了。」我説。

「你壞！」她掙脱，輕打我一下。

「其實真是有蛇，不過是四腳蛇。正確地説，是草龍，雀鳥最愛吃的。」

「是嗎？在哪兒？」她又驚慌起來。

我看看她。她的臉一下紅了，差不多有她的恤衫那樣紅！

她低着頭，看着一棵含羞草。我看着她長長的睫毛。

我的心在作不規則的跳動！我甚至聽見自己的心跳！

我雙手按着她的肩膊，手指在震動！

她的身體，也在微微抖動！

突然間，我迅速將她擁入懷中，抬起她的臉。

她雙眼微閉，臉漲得紫紅！

她的臉很嫩，很滑。我看見那些很幼小的汗毛。她那長長的睫毛覆蓋着眼睛，我笨拙地在她臉上吻了一下。

她一動也不動。

我吻向她的嘴唇，有種溫熱濕潤的感覺，同時心內有一陣劇烈的衝動，因為我聽見她的心跳得很厲害！

她試圖掙扎，但身體好像不聽使喚。或者，她的理智指揮不了感情！

我繼續吻她。她仍作無用的掙扎。最後，我將她推倒在草地上。

她不能動彈，但一臉驚惶！

我壓向她身上，無法控制自己的感情！

忽然她狠狠地掌摑我一下！

我撫摸臉頰，站了起來，不解地看看她！她起來，整理一下衣衫，獨自走出小路。

「露霞！」我追上她。

她不理睬我，繼續前行。

「對不起！」我說。

她仍不言語。

我握着她的手，被她甩開了！我手足無措跟着她。

她生氣地回過頭來，白了我一眼，但沒有憎惡的成份。我乘機握着她的手。她略作矜持，便讓我握着。

我放下心頭大石，對她說：「回去嗎？」她看我一下，點點頭。

送她至大廈門口，她想抽回被我握着的手，我卻不放手。

「我到了。」她說。

「我送你上樓。」

「不用了。」

「治安不好，我不放心！」

我的固執感動了她。

兩人一同進入電梯。

電梯內，她低頭看地板，我看着她，偶然，她抬頭，接觸到我的目光，立刻驚惶地避開了，我想擁抱她，可惜門已打開。

「拜拜！」她說完，像箭般走出電梯。

我在恢復神智時，電梯又關閉了。我只得回家。

晚上，我有一個失眠之夜！

深夜十一時，我打電話給露霞。她接聽，只談了幾句，就收了線。

「因為今天的事生氣？」我自語着。

我的想法錯誤，因為第二天在巴士上，她看見我時，有一種意外的驚喜！

我們繼續來往了三個月，幾乎每星期都相約外出。有一次，我約她去沙田扒艇。我們乘搭火車，在大學站下車，於沙灘租了一隻舢舨。

露霞穿了一條牛仔褲，一件米黃色，只有兩條吊帶的露肩外衣。自我認識她以來，從未見她穿得如此大膽！而且，她身上好像還灑了香水。

我們對坐艇中，我開始扒艇。

海面風平浪靜，在太陽照射下，水面泛起點點白光。那尉藍色的天空，浮雲片片。遠處島上的烏溪沙，被一層薄霧包圍，若隱若現。一陣微風吹來，揚起了她長長的秀髮，將一撮撮髮絲覆蓋着她的臉。她不時用手去掠開髮絲。我看着她。她的眼睛有着童真的頑皮。

「小時候，我曾在這裏掘蜆。」我說。

「是嗎？」她睜大眼睛，像要發掘我的秘密。

「蜆兒藏在淺沙中，我每掘到一隻，就好像發見一個寶藏一樣！」

「我喜歡貝殼！」她說。

她欣賞着我扒艇的姿勢。我的雙槳均勻地起落。

不要月色，白雪照清路，

來啊，搖着你雙臂夜寒，

記着河邊三叉的柳樹，

這兒是我，和我的小船。

雙臂投給我，你定定心，

別擔慮雪地裏的足跡，

河水一會就會重歸平靜，

隱瞞我們船的消息。

風：你就靜靜地睡在林中，

別從轉側裏忽地欠伸，

驚動枝上積雪的輕夢，

和我懷裏最膽小的人。

信任這小船，這一雙槳，

它更忠實如我的手臂，

輕輕拍起流水的低唱，

到你眉兒垂覆着安睡。

你醒來的眼像句問話！

我的人，划到這兒才停？

我低頭給你一吻回答：

划到我們的新的早晨。

「這一定不是你作的！」她說。

「你怎知道？」

「因為香港沒有雪！」

「聰明！」

「誰是你懷裏最膽小的人？」她頑皮地問。

「就是你！」

「你取笑我，我打你！」

她伸手撈了些海水，潑向我。

「靚仔，想溝女嗎？」

有四個飛型青年，分坐兩隻舯舨，在我們面前出現。

我們不理睬他們。

「阿女，千萬不要聽他的甜言蜜語呀！」

另一青年說。

「阿女，你壞了，年紀小小就學人溝仔！」

四個無賴哄笑着！「你們想幹甚麼？」我怒問。

「靚仔，你骨瘦如柴，我一隻手就打贏你了。想發惡！」

我企圖扒開，但被他們前後包圍，衝不出去！

他們開始向我們潑水，特別是露霞，她的上衣濕了一大片！於是，

飛型青年們怪笑着！「阿女，你有帶乳罩嗎？」

「你件衫濕了，脫衣吧！」

露霞驚惶失措，求援地看看我。

我憤力扒水，想突圍，但失敗！

「你說阿女的身材多少吋？」

「三十六、二十四、三十六！」

「沒那麼大吧？」

「你用手去量，便知道了吧！」

他們又爆發一陣怪笑！

「你們幹甚麼？」有人喝問。

有一隻小舢舨向我們扒來，坐着一男一女。

「靚仔，你想做嫁樑？信不信我推你落海？」

「CID，我要拉你們！」

飛型青年看見證件，急忙陪笑臉，逃走了！

「你們沒事吧？」青年問。

「沒事，多謝你！」

「不用客氣。」

探員走後，露霞說，「不如走吧！」

「好。」我亦沒心情再扒艇。

上岸後，我問：「返市區嗎？」

「我的衫濕了！」她說。

「是呀！乾了才走吧。」

她看我一眼，臉一下紅了！

我拉着她的手，沿火車軌漫步。不久，去到一處小山崗，我們沿

小徑而上，在一處長滿長長的野草邊停下來。我們坐了下來。

「你的衫濕了，不如脫掉吧！」我說。

她生氣地瞪我一眼，背我而坐。

我看着她裸露的肩膊和兩臂，情不自禁撫摸着她。她抖動了一下，仍沒回過頭來。

「露霞！」我說。「嗯。」她回過頭來。

她的目光一碰見我，便像觸電一樣，但沒有避開。顯然她不想避開。

我將她拉入懷中，擁吻她！

她閉上眼睛，整個人像癱軟了！甚至，我脫去她的上衣，她亦不反抗。最後，我連她的胸圍亦脫去，兩人半裸着。她雪白的肌肉吸引着我！我從未見過女人的身體，手竟有些顫抖！

她看我一眼，滿臉羞慚，也更美麗了！

我們熱吻良久。我嘗試脫掉她的褲子，她竟順從了！

乾柴烈火，我應該毫無困難佔有她！但在最後關頭，我起來，自己穿回衣服。她也起來，穿回衣服。

她投給我一個詢問的眼光。

我知道她不是一個開放的人，肯這樣做，顯然愛着我。

「很感激你對我的信任！但我們還未了解清楚，我必需對你負責，對自己負責！」我說。

她感動地凝視着我，投入我懷中。

我握着她的手，撫摸她的秀髮。

「我身體的秘密，你已完全知道。」她說。

「還有一個最大的秘密未曾發掘。」

「甚麼秘密？」

我笑看着她。

漸漸，她意會了，輕打我一下：「你壞！」

「你愛我嗎？」我問。

她認真地凝視着我，沒有說話，但從她微嗔的臉上，好像在說：「我不愛你，怎肯和你赤裸相對？你當我是甚麼人了？」

「但我覺得，我們還未了解清楚。譬如說，我有甚麼值得你愛呢？」

她默言無語，陷入了沉思。

我們搭火車出市區，在茶樓吃午飯。之後，我送露霞回家。將到大廈時，遇見公司的女職員王小姐，她是個有些十三點的傻大姐！

「李明！」她向我打招呼。

「王小姐。」我說。

「為甚麼不叫美玲？你以前不是常叫我的名字嗎？」

露霞看看她，又看看我。

「王美玲小姐，陳露霞小姐。」我介紹着。

王小姐對我親暱的態度，使露霞有些妒意，她目不轉睛注視着我們。但我初時不察覺，反而有點自鳴得意。

「明哥，你說今晚和我看電影，怎麼又和別人去街？你這人真沒有心肝！」

王小姐說完，用身體依偎着我，一隻手繞着我的頸項，眼睛卻射向露霞！

露霞被妒火燃燒着，幾乎要滴下眼淚！她怨恨地看着我！

「你不要信口開河，我幾時答應和你看電影了？」

「昨夜在我家中，只有我們兩個人時你說的！」

我生氣地看着王美玲！

露霞不辭而別，飛跑入大廈！

「露霞！露霞！」我企圖追上她。

「還叫甚麼，人已經走了！」

「我和你無怨無仇，為甚麼這樣害我？」

「難道我比不上她嗎？」她仍傻笑着。

「她是我的女朋友呀！」

「既然她不是你太太，我這樣也不算過份。」

「你還說不過份！她已經誤會我了！」

「這就證明她不相信你，經不起考驗！」

「真給你氣死！」

「本來我也不想這樣做，是她先對我不禮貌！」

「她又不認識你，怎會對你不禮貌？」

「她看我的眼神很特別，好像對我很不滿！」

「小姐，你不知道戀愛中的女人最敏感和妒忌嗎？」

「對不起，我未拍過拖，不知道。」

「現在怎麼辦？」

「你要我怎麼辦？」

「我要你向她解釋，否則我水洗也不清！」我說。

「恕難從命！」她說完，大搖大擺走了。回到家中，立刻打電話給露霞。她一聽見我的聲音，就掛斷了電話！

晚上我又打了兩次，她仍不接聽！

我躺在牀上，不知如何是好？最後，我將希望寄托在明天的巴士

上。

可惜第二天黃昏，我在巴士上看不見她！

一天。兩天。三天。巴士上都沒有她的倩影！

她顯然有意避開我！

晚上我再打電話給她。

「李先生，甚麼事？」她說。

「露霞，你要聽我解釋。」

「你沒有必要解釋！」

「那個王美玲，是有些十三點的！」

「十三點？那麼你在她面前，也可以說我是傻大姐了，卑鄙！」

「我只想你出來，聽我解釋一次。」

她立刻掛斷了電話。

我無精打彩躺在牀上，腦中浮現出無數個她，穿白恤衫深藍裙子的，穿粉紅恤衫西裙的，穿牛仔褲和露肩裝的，她們在我面前團團亂轉。我想捕捉她們，卻一個也捉不到！

從相簿找出與她合影的照片，我癡癡地看得出神，晚飯也不吃！第四天在巴士上，我終於看見她，忙擠近她身旁，輕叫她一聲。但她神色冷漠。良久，回過頭來，怨恨地看了我一眼，包含了很複雜的情感！

她似受到很大的傷害！

她並不原諒我！

落車後，由於自尊心在作祟，我沒有跟着她。

晚上，我又情不自禁打電話給她。

「那次的事，」我說，

「算了。我們仍然是朋友。」

我幾乎不相信自己的耳朵，這與她黃昏對我的冷漠相比，轉變得太突然了！

「你肯原諒我？」

「每個人都有交朋友的自由呀！」

「但是，我真是清白的！」

「不要提了。星期日我想去公園拍照。」

「你是說，和我去？」我問。

「除了你，還有誰？」

「好，我一定來！」

收線後，我興奮得睡不着覺！

星期天，我帶備相機和長短火，去到約定的餐廳。走進去，我看見穿露肩裝的她，但旁邊還有一男子。「是她哥哥，還是……」我有一種不祥的預感！

她看見了我，卻故意轉移視線，且將椅移近那男子，和他有說有笑。

「露霞！」我說。「我來介紹，」她說，「這位李明先生。」然後，她再移近那男子，向我說：「王先生。我的男朋友！」

我有一種天旋地轉的感覺！

「聽露霞說，你的攝影技術很不錯！」男子說。

我沒有回答他，不示弱地向她說：「我還以為是你的叔父呢！」

男子三十餘歲，夠做她叔父有餘了。

「我喜歡成熟的男性！」她示威地說。

我呆呆的站着，對自己說：「這是一個大騙局！」

「坐吧，李先生。」男子説。

「回去吧！」我想。

「坐吧！」她挑戰似的看着我。

我勇敢地坐下。

她不理睬我，只顧和男子低聲説話。

「露霞，你這是甚麼意思？」我忍耐不住。

「甚麼意思？你有交朋友的自由，我也有！」

「你不要意氣用事好嗎？」

「誰意氣用事？我認識他，比你還早！」

她的話像一支利箭，穿透我心窩！我拿出一支煙，劃了三支火柴才點着，顫抖的手指夾着煙，狠吸了一下。

「對不起，我有約，想先走。」我説。

「你不是答應過給我們拍照嗎？」她特別加重「我們」的語氣。我看看她。她挑戰地看着我！

一走了之，固然一了百了，但她挑戰的眼神激怒了我，我的自尊受到挫傷！我不能被人笑是懦夫！

「怎麼樣？李先生。」她充滿了嘲弄。

我將煙狠狠地按熄：「好吧！」

「去甚麼地方拍照好？」她問男子，肩膊靠在他身上。

我妒火中燒，幾乎控制不住，想一拳打向他！

「還是李先生説吧，他內行。」男子説。「九龍公園吧。」我胡説一處。

在的士內，我苦思報復的方法。抵目的地時，終於給我想到了。我一反常態，跟在他（她）們背後。

走進公園，男子和她坐在水池邊。她竟和他緊靠在一起！那姓王的一隻手，還按在她裸露的肩上，恨得我咬牙切齒！

「這個姿勢好嗎？」男子說。

「好！」

我除下標準鏡，換上一個二十八毫米闊角鏡，得意地冷笑着。通常三十五毫米鏡頭在十尺內拍攝，影像已開始變形，何況二十八呢？

而且，我走至四尺替他（她）們拍，其效果就像電視中醜化或誇張人物一樣，臉和手腳，身體全部變形！你們有看過遊樂場的哈哈鏡嗎？就是那樣了！

拍完之後，他（她）們站在花旁，擺了另一個姿勢。可恨的她仍依偎着他，他的手仍放在她肩上！

有兩棵小樹在他（她）們背後。本來，我應將小樹作對比，象徵一對情侶。但我心中充滿了恨！我改變角度，使兩棵小樹長在他（她）們頭上！而且，我換上一三五毫米鏡頭，只截取他（她）們的上半身，和頭上生樹。你說，拍出來是不是不倫不類！

然後，我用回二十八毫米鏡，以高度角拍攝，將他（她）們壓縮得很渺小！

總之每張相片，都經過我刻意的安排，達到了醜化他（她）們的目的！

我滿足地笑着。或許，我是病態地笑着！

由於我的一反常態，大方地替兩人拍照，露霞似乎有些失望，有些生氣！

她當然不知道我正為醜化了他（她）們而滿足！

「你以為這就可以打擊我，使我出醜，無地自容嗎？」我自語着，

向她露出惡意的微笑！

拍完照，男子說：「我們去吃午飯吧。」「那麼，你們去吧，我先走了。」我說。「好，再見。」他說。

我看了她一眼，她像若有所失。但是，她很快回復鎮定，手挽男子的手臂，驕傲地走了！

看看他（她）們的背影，我生氣得直跺腳！

我像個洩了氣的皮球，垂頭喪氣離去。

在茶樓午餐，食而不知其味！

飯後將菲林給沖曬店。

「明天取相。」店員說。

返抵家中，將自己關在室內。房子空空洞洞，腦子一片空白。「找些事幹吧！」我對自己說。

取出一本《紅樓夢》，翻了幾頁，又放回書架。

黛玉葬花，太悲觀了！

取出《水滸傳》，翻了幾頁，再放回書架。

潘金蓮勾引西門慶。不，西門慶勾引潘金蓮！她是無辜的嗎？最可惡的還是王婆！

取出杜斯妥也夫斯基的《卡拉馬助夫兄弟們》，翻了幾頁，放回原位。

米卡為了爭一個女人被控謀殺父親！他雖然在行動上沒有謀殺父親，但在內心上他已謀殺了！說來說去，女人是禍水！

翻開一本舊娛樂雜誌，一個女紅藝員竟然拋夫棄子，與別人結合，感情真是那麼微妙？總之，女人是善變的。女人心，海底針！

把弄心愛的相機，覺得有點傷感：以後還有甚麼可供拍攝？

「阿明，吃飯了。」媽的聲音。我肚子不餓！

「阿明，聽不見嗎？」

「我不吃！」我大聲説。

第二天黃昏，下班後急忙去取照片，匆匆趕回家，關了房門，取出一看：幾乎笑破肚皮！他（她）們簡直不似人形，比魔鬼還醜陋！特別是用二十八毫米拍攝那一張，在四呎近距離中，兩人的臉拉得很長，手腳完全不合比例。如果我有黑房，一定將相片放成夜景，加幾十個藍，那麼他（她）們的臉孔一定青青藍藍，還不是魔鬼嗎？

「你們這兩個小丑！」我縱聲大笑。

「小丑！……」我的眼淚滴落在照片上。

「究竟誰是小丑？是我嗎？」我看一下照片，「不，是你們！」我病態似地笑着。

「打電話叫她出來，將照片交給她！」我興奮地想。

「不，她一定不肯出來，甚至不接電話！」

我頹然放下照片，像打了一場敗仗！

「呀，有了。明天黃昏，在巴士上將相給她，她就不能拒絕。而且，哈哈，我故意將照片給其他乘客看見，一定會引起哄然大笑！於是我説：你們來看這兩個小丑吧！到時她會有甚麼反應？她一定又羞又怒，滿臉通紅，立刻落車逃走的了！哈哈……」

主意既定，我的心境出奇地平靜。

但第二天黃昏，我在巴士上沒有遇見她！而且，一連幾天都沒有！

我打電話給她。她不接聽！

我茶飯不思，工作常出錯，上司警告了我幾次！

　　半個月過去了。每天下班回家，常與寂寞為伍，對一切事情皆不感興趣！

　　「阿明，你的電話。」媽説。

　　內心一陣衝動，表面若無其事去接聽。

　　「喂！」我説。

　　「李明，你猜我是誰？」

　　男子的聲音，我心中擊起的波瀾也變成了死水！

　　「猜不着！」我冷冷地説。

　　「我是你的老同學鄭振賢呀！」

　　「你好嗎？」

　　「你那麼冷淡，不歡迎我嗎？」他有點生氣。

　　「不是，你別誤會。」

　　「既然如此，我在銀宮餐廳等你。」

　　「好吧！」我不好意思拒絕。

　　我抵達餐廳，看見振賢，坐下。

　　他驚奇地注視着我。「甚麼事？」我擠出一點笑容。

　　他小聲説：「近來失戀嗎？」

　　我的心一陣絞痛：「沒有的事！」

　　「不要騙我了；才不見你半年，你便變成這樣，頭髮蓬鬆，兩眼深陷，臉也瘦削了很多！而且，整個人沒精打彩。你從前不是這樣的！」

　　我像被人揭中瘡疤，生氣地説：「不要説了！」

　　「你以為不提，便好過些嗎？迴避不是解決的方法！」

　　「求求你，不要説吧！否則我要走了。」

「好，你走吧！你這沒出息的人！」他大聲説。

「你叫我來，就為了爭吵嗎？」

「我是你的朋友，不能看着你自暴自棄！一個人怎能因為小小挫折而喪失信心？」

「你説這是小小挫折？」

「或許你很愛她。但她既然不理睬你，就證明她並不愛你！感情的事，是不可以勉強的！」

「你是不會了解我的心情的！」

「我是不了解。但我知道你現在正走上自我毀滅之途！為了一個女人，值得嗎？人生除了愛情，還有很多更有意義的事呀！你這樣和行屍走肉有甚麼分別？你以後的幾十年將如何渡過？」

我無法忍受他的直言，憤然離去！

「你走吧，你這沒出息的傢伙！」他説。

返抵家中，將自己擲在牀上，我竟痛哭流涕！

為了她的變心？為了振賢的義正詞嚴？

我想了整整三個晚上，覺得振賢的話有道理。我決心忘記她！

半個月又過去了。我心靈的創傷已逐漸平復，我被她撕成敗絮的生活亦重新整理好。

一天黃昏，我正在房中聽音樂，有人打電話找我。

拿起聽筒，一個陌生女人的聲音問：「你就是李明先生嗎？」

「是。你是？……」

「我是陳露霞的媽媽。她在街上被一個男人刺了一刀，重傷入院！」女人傳來哭泣聲。

「她怎麼了？」我急問。

「已渡過了危險時期，不過身體很虛弱！李先生，希望你能看看她。」

「這……」一股複雜的感情湧上我心中。

「因為露霞在昏迷中，經常呼喚你的名字！我在她的記事簿中找到你的電話。李先生，我求求你！」

「好吧，明天我請半天假。」我說。

「多謝你，李先生。」

收了線，我緊張起來，整晚睡不着，莫非我對她尚未忘情？

第二天我去到醫院，走進病房，看見一個女人躺在牀上，臉色青白，十分虛弱，她就是露霞！

她看見我，掠過一絲驚喜！

「露霞！」我握着她的手。

「明哥！」她眼眶滿是淚水。

「你怎麼會？……」

她一陣激動，嘴唇顫抖着，說不出話來！

「你慢慢說吧。」

「明哥，你愛我嗎？」

為了安慰她，我毫不思索地點頭。

她滿足地笑着，心情仍未平復：「你坐近一點。」

我移開椅子，坐在她的牀沿。

她眼睛呆呆地看着前方，蒼白的臉色泛起嚴肅的神情，顯然努力在回憶着。漸漸，她開始敘述最近發生在她身上，一個驚心動魄的故事！

自從在九龍公園與你分別，他就天天纏着我！他其實是我公司的

同事，死心塌地要追求我，但我一向不理睬他。那一次，我在街上看見那個女人對你親暱的態度，妒忌得近乎瘋狂！回到家中我想：既然你已變心，做人還有甚麼意思？我傷心得幾乎要自殺！但那個女人侮辱的眼神傷害了我的自尊，我恨透了你！一種報復的念頭在我心中萌芽，我故意親近他，出其不意和他親暱地在你面前出現，就為了證明我不是沒有人追求的！

　　我的目的達到了，他卻從此纏着我！有一次，我回到公司，同事們都向我道賀。

　　「甚麼事？」我莫名其妙。

　　「聽説你和阿王快訂婚了！」

　　「誰説的？」我很生氣。

　　「還不認呢！不要密實姑娘假正經了！」

　　「一定是他説的！」我説。

　　「你認了嗎？」

　　「你們以為我會喜歡他嗎？」

　　「我們又不瞎了眼，難道不知道你天天和他出雙入對嗎？噢，他來了！」

　　「露霞！」他拉着我的手，「我有些話對你説！」

　　「我也有話要問你！」

　　「好，下班去餐廳説吧。」

　　下班時，我和他坐在餐室內，我怒氣仍未消，他卻出奇地興奮！

　　「露霞！」他聲音有點顫抖，「我有話對你説！」

　　我冷漠地看着他！

　　他取出一條一両重的金頸鏈送給我。

「甚麼意思？」我問。

「我要向你求婚！」

我震驚地看着他！

「怎麼樣？覺得驚喜吧！」

我將金鏈還給他：「王先生，我根本沒有喜歡過你！」

「你在開玩笑嗎？唔……我明白的，女人喜歡作態，心中想的，和口中的話總是相反！」我嚴肅地説：「王先生，我並不愛你！」

他的表情在劇烈地轉變着：「你説甚麼？」

「我説我沒有愛過你！」

「我不相信，我不相信！」

「但這是事實！」

「這絕不可能！你不喜歡我，怎會和我去街？怎肯給我抱着你的腰，和撫摸你的肩膊？」

「但這並不代表我愛你！」

「而且，你記得嗎？」他神經質地説，「那一次，我們在九龍公園，親密地依偎着，給你那個朋友拍照。你如果不喜歡我，怎會這樣做？」

「我只是一時貪好玩而已！」

「貪好玩？」他喃喃自語，突然，陰沉地看着我，「你已有心上人？」

為了使他死心，我堅決地點頭。

「他是誰？告訴我，他是誰？」

「你管不着！」

他兇惡地看着我，站起來，咆哮着説：「你不説出來，我不會死

心！」

「他就是替我們拍照那個人！」

他大感震驚，呆呆地站着。片刻，頹然跌坐椅上，默默地吸着煙！

「我要走了。」我説。

「你坐下！」他大喝一聲，「我明白了，你和他鬥氣，便利用我去激他！怪不得他當時的表情那樣古怪了！你為甚麼要欺騙我？！」

他暴怒着，臉色很難看，我有點害怕，匆匆離開餐室，臨行還聽見他的自語：「我是個傻子！我是個蠢才！」

此後一連幾天，我都努力避開他。自那次以後，他出奇地沉默，但每次遇見我時，他的眼神都使我不寒而慄！

一天黃昏，我下班回家，正想去搭車，他忽然出現，拉着我的手説：「露霞，我買了戲票，我們去看電影！」

「對不起，我要回家！」

「真的不賞面？」他狠毒地看着我。

「請你放手好嗎？」

「除非你對我説，你不會愛那個影相佬！」

「辦不到！」

他忽然拔出刀子，對準我胸前：「説不説？」

「我只愛他一人，永遠愛他！你死心了吧？」

「你不怕死嗎？」他失去常態，眼裏露出惡狠的兇光！

「救命呀！有人殺我呀！」我大聲呼叫。

他掌摑我一下：「不許叫！」

「救命呀！救……」

他一刀刺進我胸膛，我大叫一聲，昏了過去！

我緊握露霞的手，眼淚滴在她臉上！

她驚疑地看着我，像要看透我的內心！

「你不相信我？」我問。

她搖搖頭，蒼白的臉上泛起滿足的笑容！

我們四目交投，好像心靈相通。

忽然她眼眶的淚水溢出向下流！

「霞妹，你怎麼啦？」

「我怕我沒有希望了！」

「怎會呢？你已渡過危險期！」

「我心中有一種恐懼，怕會失去你！」

「霞妹，其實我只愛你一個人！我可以發誓。」

她聲音微弱地說：「但那個王小姐呢？她是愛你的！」

「你說那個十三點？我怎會愛她？我們產生那樣大的誤會，就因為她的惡作劇！」

「你說她只是惡作劇？」她苦笑地搖搖頭，「那一次，她依偎着你的樣子，是發自內心的，不是做作的！尤其是，她看着你的眼神，完全像妻子看丈夫一樣！而她看我，則像情敵，恨不得我遭遇意外而死亡！」

「不會吧！你太敏感了。」

「這絕不是敏感！這是女人敏銳的直覺。尤其我深愛着你，更深深體會到她的敵意！」

我大感震驚：「但她從未向我表示過。而我也未和她去過甚麼街，只平時在公司閒聊而已。而且，總是嘻嘻哈哈的！」

「她可能暗戀你呢！」

「你太看得起我了！」

「我說的是真的！」

「你身體虛弱，不要說太多話吧！」

她忽然緊握我的手：「你要走嗎？」

「我明天再來看你。」

「明哥，你不要走。」她一陣激動，「明天，我可能見不到你了！」

「傻女，怎麼會呢？」

「我有這種預感！」

「你一定會好的！」

「真的？我出院時，你會和我結婚嗎？」

「我們還年青呢！」

「即是說，你不會和我結婚！」她一陣歇斯底裏的抽搐。「會，我會和你結婚！」

她平靜下來，滿意地笑着。看着她虛弱的身體，我有一種難忍的痛楚！

「明哥，你是可憐我，才和我結婚嗎？」

「怎麼會呢？就憑你面對姓王的利刃仍堅決地說愛我這句話，我就值得和你結婚！」

「將來我們結婚後，我去你公司工作，夫唱婦隨！黃昏，我們一同去買菜！」她的臉色由於興奮而紅潤起來。

「還有一同下廚！」

「然後，我們生兩個胖娃娃，我不再工作，專心照顧他們！」

「平凡的生活最快樂！」我說。

臨別時，她說：「你就這樣走了嗎？」

我凝視她片刻，她似乎有點生氣！

我在她臉上輕吻一下。她滿足地笑着，閉上了眼睛。

此後每天下班，我都去醫院探望露霞。她的心情很好，臉色一天天紅潤。

半個月後她對我說：「我明天可以出院了！」

我高興地說：「明天我請假來接你！」

「明哥！」

「嗯！」我深情看她。

「我的傷口全好了。」

「那就最好了！」

「你想看看疤痕嗎？」說完，她的臉一下紅起來。

「好呀，在甚麼地方？」

她白了我一眼，又迅速低下頭。

「在這兒。」她小聲說，指指左胸。

「不如我用手摸一下吧！」

她的臉更紅了！

我伸手入內，疤痕就在左上胸。然後，我感覺到她劇烈的心跳，和乳房的堅實！

她投入我懷中，幸福地笑着！

第二天我去時，露霞已辦好手續，在醫院門口等我。她看見我，高興地跑來，我們緊緊擁抱在一起！我想吻她，但她說：「這兒是公眾地方！」

我順從她，但在的士內，我將她擁入懷中，熱吻着。

我送她回家。她請我入內。

「改天才來吧！」我忽然怕見她媽媽。

她很生氣！

「你還不相信我？」

她看我片刻，終於笑了！

第二天回到公司，我春風滿面，輕輕地哼着歌！

「李明，前一陣見你面容憔悴，終日愁眉苦臉，現在卻一反常態，滿臉紅光，和情人誤會冰釋嗎？」一同事問。

我想回答，看見那十三點王小姐注意地聽着，於是我説：「是呀，這叫做因了解而復合！」

傻大姐忽然走到我面前問：「就上次我遇到那個嗎？」

我點點頭：「都是你的惡作劇！」

「你們甚麼時候結婚？」

我故意説：「快了！」

她聽完沉默地行開，一言不發。

「我們的傻大姐也在思春了！」一同事笑説。

「你再叫我傻大姐，我就不客氣！」

她生氣得杏眼圓睜，使大家頗感意外！

中午休息時，她忽然對我説：「李明，後天假期，我想約你去郊外。」

「我沒有空呢！」

「我知道你要陪她。但我只要求你上午去。」

「究竟有甚麼事？」

「到時你便知道了。」

她表情嚴肅。而且，眼裏有一種奇怪的目光，迫使我非答應不可！

「好吧！」我説。

星期天，我去到約定地點，她早已在等候。我們乘搭小巴入元朗，再搭渡船過南生圍，這是她提議的。抵步時，因時間尚早，並沒有遊人。我欣賞着南生圍的美景：兩行筆直高大的樹，旁邊一片片的魚塘，不時有魚飛躍出水面。遠處低矮的石屋，在霧中彷如仙景！另一邊魚塘，養着一大群白色的鴨子，自由自在地在水中覓食。一隻村狗在林中獨行，十分優悠的樣子！

「明哥，我們坐在這裏吧。」

她張開報紙在草地上。我們坐在林中的魚塘邊，遠眺深色的群山。

坐下後，她整整五分鐘沉默不語。我奇怪地望她一眼，才發覺她今天的打扮與平日不同。她平常的馬尾頭髮散開在肩上。她上身穿鵝黃恤衫，紅色羊毛外套，深綠色短裙，白色襪褲，四吋高跟鞋，還塗了口紅！看起來，青春氣息之中有着高貴和端莊，比任何一個女性都不遜色。我從未看見她這樣美麗！

「你今天很美麗！」我説。

她看看我，眼裏有種燃燒的光，使我幾乎把持不住！

「聽説你要和她結婚了？」

「是的。」我漫不經心答。

「那麼我呢？」

我疑惑地看她：「我不明白你的意思？」

「你不知道我愛你嗎？」她眼圈有些發紅。

「你愛我？這怎麼可能？」

「我一直就喜歡你。從你進入公司那一天開始！」

「怎麼我一點也不知道？而且，我們從未單獨去過街！」

她伏在我肩上飲泣起來！

「你不要這樣好嗎？」我輕拍她的背。

她抑制着激動，抬頭看看我，迫使我迅速低下頭！她的眼神好像使我覺得對不起她一樣。

「如果你沒有表示，我是不會死心塌地愛你的！」她説。

「我有甚麼表示？我從未説過我愛你？！」

「但你沉默的眼神在説着多溫柔的話！你的眼神緊緊抓着我的心，使我織着一個又一個的美夢！」

「我沒有！」我大聲説，緊張地抽出一支煙，狠吸着，「初時，我被你奇怪的行為吸引着，懷着好奇心想了解你。後來，我認識了她，深愛她，處處表現出幸福的溫柔。我想，你是誤會了。我看着你，其實在想着她！」

「你有！」她堅定而大聲地説，「你的眼神在告訴我，你欣賞着我，你也愛我！」

她的兩肩，輕輕地抽搐着：「後來她出現了，你就變了心！」

「既然你愛我，為甚麼不約我去街，不向我表示？」

「在他們心目中，甚至在你心中，我是個十三點的傻大姐！我主動約你，向你表示，我的身份將會更加貶值！你們甚至會取笑我！」

我看着她，覺得她一點也不傻！而且，她今天的打扮和談吐，更有種動人的魅力！我想：一個人的性格，除了先天遺傳，也和童年的環境有關。現在我才知道，她比正常人更正常！

「所以你要破壞我和她的感情？」

「愛情是自私的！」

「後來我和她因誤會而分手，我甚至對她死了心，你知道嗎？」

「我知道。」

「那時你為何不乘勝追擊？」

「那無疑是我最好的時機。但我心中有愧，覺得自己是個卑鄙小人！我陷於彷徨矛盾中！」

我感動地看着她。她投入我懷中，歇斯底裏地抽搐着！

「美玲！」我情不自禁握着她的手。

她仰起頭，燃燒的眼神直透我的心！

「不行，這絕不可以！」我忽然清醒，推開她。

她怨恨地看着我！

我將露霞受傷的經過對她說。

「我不能對不起她，她會忍受不了！」

她突然打開手袋，取出一把刀子！

「你要幹甚麼？」我驚問。

「我也無法忍受！」她神經質地說，握刀的手顫抖着：「你如決定和她結婚，我將死在你面前！」

「快將刀給我！」

「你不用怕！我遺書已寫好，說明我是自殺的！」

「你這樣做有甚麼好處？」

「我只有一個目的，讓你永遠受良心上的譴責！」

我伸手奪刀，她縮手，刀鋒劃破了我的手腕，血在流！

她急忙拋棄刀子，用紙巾按着我的傷口。

我嘆息說：「在我認識她之前，你如向我表明，事情或許不會如此！」

「但是現在……」

「太遲了。我心裏只有她！」

她俯伏在我懷中，傷心地哭着！她的淚水濕透了我的衣衫。她心臟劇烈地跳動着！我感覺到，她企圖用眼淚軟化我，用她少女的美色誘惑我！但我的心出奇地平靜。良久，她抬頭看我：「你一點也不動心！你真的對我半點感情也沒有？」

「因為我只愛她！」

她掠過一絲懷疑的眼神。

「本來我可以對你說，我尚未決定。這樣我就可以左右逢源，也不致傷了你的心。但這樣是不負責任的做法，將來你會更恨我！我尊重你，所以不能欺騙你！」

她感動地看着我。

「答應我，不要做傻事！做我的妹妹好嗎？」

「我不能！我對你的感情不是妹妹的感情！」

「美玲，人生除了愛情，還有很多更有意義的事！」

「我不聽，我不聽！」她雙手掩耳。

她的胸脯劇烈地起伏着，情緒極為激動！

「明哥，我不要求與你結婚，但希望能做你的情人！」她突然說。

她的話深深地打動我！她那燃燒着的眼神使我着迷！能得到一個女人這樣對我死心塌地，我感到多麼幸福！

我呆呆地看着她，感到她的話並不是一時的意氣。

「不行！」我痛苦地搖搖頭。

「為甚麼？」她又激動起來。

「這樣只有使三個人都痛苦！」

她絕望而仇恨地看着我！

「美玲！」我握着她的手説，「愛情不一定需要佔有！」

她甩掉我的手，向前狂奔。突然，她跌倒在地！我上前扶起她。她推開我！我用紙巾替她抹眼淚。然後，握着她的手説：「我們走吧！」

她的手和我交握着，身體緊貼着我，顯然仍有一絲幻想！我本不應該握着她的手，但我真怕她做傻事！我的心情十分矛盾！

第二天上班時，我行近王美玲，拉着她的手對同事們説：「今後她是我妹妹，你們不許欺負她！」

她對我突然的宣佈有點錯愕，但隨即大方地笑了笑。

此後一連幾天，我每次都叫她妹妹。漸漸地，她也習慣了。有一種高尚的情操在她心中滋長。但她從來未叫過我一聲哥哥。

一天黃昏，我約王美玲在餐廳見面，她愉快地答應了。其實我也約了露霞，不過沒對美玲説。

我和露霞在餐廳等了一會，美玲來到。她看見露霞，想掉頭離去。我急拉她坐下，對露霞説：「王小姐你曾見過面，她現在是我妹妹了！」

露霞誠懇而有禮地和她握手。

美玲似被我倆的真誠所感動，呆呆地坐着，低頭不語。

我坐近美玲，想逗她説話。

「哥哥，」她突然抬頭，叫了我一聲。但是，她顯然強擠出一點笑容。然後，她從手袋取出一張字條，交給我，便匆匆離去。

我急看字條，裏面寫着：

明哥：

　　我哭了幾個晚上，始終不能忘記你！所以，我決定離開你。在我未忘記你之前，希望不會再見到你！放心吧，我不會自殺的。

美玲

我將字條給露霞，急忙追出餐廳。美玲站着等的士，剛有車停下，她開車門。

「美玲！」我説。

她回看我一下，眼眶滿是淚水，然後，她上了車。

我返回餐廳，想起美鈴臨別的一瞥，包含了多麼豐富的內容，多複雜的感情！而她的感受，只有我一人體會到！她那臨別的眼神，深深地刻在我腦海中，永遠無法忘記！我忽然有種莫名的傷感！

「捨不得她，對她餘情未了嗎？」露霞問。

「怎麼會呢？」

「我也相信你不會。」

「人生的煩惱真是不少！」我説。

「原來你仍記掛着她！」

「你別誤會。我只是比喻。不過人生如果到處是坦途，也太沒有意思了，例如我認識你，就在歸途的巴士上，也可以説是一種奇緣了！」

「一個平凡人，在一生平凡的生活中，仍會遇到很多不可思議的事，使他驚嘆。但這是人生的實情！」

「你的見解很深刻，好像成熟了很多！」

「因為我曾險死還生！」她不自覺撫摸一下傷口，低聲問：「我們甚麼時候結婚？」

「我看太早吧。你只有二十一、二歲，我也不過二十三、四歲。」

「你想反悔！」

「你又來了！」我握着她的手說，「我有個朋友，因為太早結婚，事業沒有基礎，卻已生下三、四個兒女，結果終日為口奔馳！」

「我們可以暫時不生孩子。」

「你知道現在離婚率那麼高，就因為男女了解不夠嗎？我們仍年青，思想尚未成熟。主要是人生體驗不夠！」

「看你船頭怕鬼，船尾驚賊！說來說去，是在找藉口推辭！我們也不算年輕了。你看，我已過了合法年齡，有權自主了！」

「真的要結婚？」

「不結了！」她起來，憤然離去。

我急拋下錢在桌上，追上她，握着她的手。

她甩掉我的手說：「我主動提出，你還這樣！你以為我是賣剩蔗嗎？」

「現在男女平等，誰提出有甚麼關係？你何必生氣！好吧，我們去姻緣道計劃一下吧！」

她高興地挽着我的手臂。

裂痕

在新蒲崗一塑膠廠內，老闆娘許娟正和司機張文忙於磅膠花，等待一會外發給家庭主婦們加工。她只有三十歲，穿一條牛仔褲和T恤。廠內有些悶熱，加上趕時間，她額上的髮絲已被汗水浸濕了。快要完成時，許娟偶然抬頭看一下經理室，見門已關閉，玻璃窗已放下百葉簾。她臉色立刻陰沉下來！

許娟走近經理室門口，用手去開門，但門已上了鎖。她貼耳傾聽，裏面隱若傳來男女的低語和笑聲。他（她）們是誰？一個是她丈夫陳大牛，這廠的經理；一個是女職員王小玉。

「這狐狸精！」

她憤恨地罵了一句，快步走回自己崗位，拿起一個磅錘憤力擲向地上，嚇得司機急忙閃開。他看了老闆娘一眼，又望一下經理室，意味深長地笑了笑，急忙托起兩包膠花向電梯行去，離開這是非之地。

妒火在她心中燃燒，她衝向經理室，想大力拍門，但手伸出時，又急忙縮回。她猶豫一下，便垂頭喪氣返回原位。

「竟關了門十五分鐘，你們在裏面做得好事！」

她如熱窩上的螞蟻，又妒又恨！王小玉來了不過半年，工資竟調整了兩次。兩個月前，一個老啤機工人將「鎖門、笑聲及落百葉窗」的秘密告訴她：「我是無意中發現的。你幫助他打了江山，他卻這樣對你，太不公平了！」「這太不公平了。」她喃喃自語，妒火繼續

燃燒。她曾想大力拍門，但面對幾十個啤機及包裝工人，怎好意思呢？他到底是自己的丈夫，堂堂一間廠的老闆，如果當眾令他丟臉，不但彼此感情生矛盾，他亦難於落臺呀，還有就是，她實在有點怕自己的丈夫。當他站在她面前，像一尊天神一樣，威嚴地掃視一切（包括她）時，她便不敢正面向他了。

司機已將所有膠花搬上了貨車，走近她說：「陳太，可以走了。」

在平時，她會一陣風般和司機走，但現在經理室的百葉窗還未捲起。門仍關閉（平時多數打開，以示他的事無不可對人言）。她狠狠地掃了經理室一眼，吩咐司機在車上等候。張文去後，許娟終於忍不住，再次走近，貼耳傾聽，這次卻沒有動靜。她嘗試用手開門，門仍鎖上！她用手抹一抹汗，回頭看一下啤機工人，只得做出大方的樣子，準備拍門。

她只輕敲了一下，門卻立即開了，經理站立在她面前，嚴肅地問：「甚麼事？」

許娟想入內，卻被丈夫高大的軀體阻擋着，所以不敢入去。

她側頭想着裏面的情形，看那狐狸精是否正在扣衣衫，可惜看不到。「我問你甚麼事，你聽不見嗎？」他稍為提高聲音。

「沒甚麼，我只想告訴你，花已磅完了。」她帶着敢怒而不敢言的委屈，眼圈有些微紅。「磅完就去外發，你也不是今天才做的。」

她聽出了威嚴和命令的口氣，抬頭看了丈夫一眼。

「還不快去，要趕貨呀！」眼神裏沒有半絲溫柔。

許娟努力忍着不使淚水奪眶而出，於是急步走了。

她坐上司機位旁，見張文正偷偷看她，就大聲說：「還不快開車！」

司機不知是出於幸災樂禍還是出於憐憫，他順從地開車，向官塘進發。

車行途中，老闆娘見張文悠閒地駕駛車輛，又點上一支煙，悠閒地吸着。

「給我一支煙！」她說。

他遲疑地看她一眼，遞給她一口煙及火柴。

噴出第一口煙後，她定定的看着正在駕駛的張文，那姿勢和動作，不正就是十年前的他嗎？她的思想隨着煙圈而擴散……

十年前許娟和陳大牛結婚時，他是個貨車司機，她是車衣女工。兩人儲了一筆錢，租了一個二百餘呎小單位，分期供了兩部半自動塑膠啤機，開起小廠來了。他（她）們只請了兩個啤機工人，其他廠內外的大小雜務，就由夫妻兩人承擔。當工人放工，華燈初上時，他仍挑燈夜戰，繼續啤膠花；而她則坐在他身旁剪水口。深夜十二時了，兩人都停下工作，互望對方一眼，他灼熱的眼神在叫她休息，而她溫柔的眼光也說着同一的話。

「你去睡吧！」兩人一齊衝口而出，說着同一的話。

兩人都不肯休息。最後她只好將光管關掉，迫他停止工作。

經過幾年的努力，他（她）們已有四枝啤機，八個工友及一部貨車，廠址亦擴大了一倍。她最高興的，是坐在丈夫身旁，由他駕駛貨車，一同將膠花外發。有時車輛到達目的地，而主婦們還未來時，她喜歡依偎在丈夫身旁，沉默地彼此交換眼神！

有一次她問丈夫：「你將來會變心嗎？」

「你怎會這樣說？我有一個你這樣美麗能幹的太太，又怎會變心？」

「將來我老了，就不再美麗了。」

「你老，我也會老呀。」

「你發達時，就可以用金錢去購買少女的青春。那時你是大老闆，就會嫌棄我這只有小學畢業的黃臉婆了。」

「你如不信，我可以發誓。」

「你如真心對我，就不必發誓。你若將來變心，發誓也沒有用。」

「我的好太太，你太多疑了！」

他將她拉入懷中，緊緊地擁抱着。

忽然，燃燒的香煙灼痛了她的手指，將她從回憶中拉回現實。她急忙拋掉煙蒂。

「陳太，你……」

司機看見她眼眶濕潤，但不敢明言。

「我……不慣吸煙，被煙燻了眼。」她急忙辯白。

「那你為甚麼要吸煙？」

「我見你在吸煙，十分享受的樣子，就想試一下。」

「是嗎？」

她沒有再說話。

突然司機急剎車，使她身體前傾，幾乎額角撞着車頭。原來有一輛的士危險扒頭，張文雖然反應快，立刻緊急停車，但車頭仍輕碰了的士尾部一下。張文立刻落車，的士司機也落了車。

「兄弟，我那盞尾燈爛了！」的士司機說。

「你危險扒頭，難道要我賠錢不成？」

「無論如何，你車頭撞我車尾，就是你不對！」

「我的車沒有事。但你想我賠錢，一個仙也沒有！」

「那麼報案吧。」的士司機説。

「你這的士佬真離譜，自己錯，還惡人先告狀！」許娟落車，兩手叉腰，杏眼圓睜。

的士司機有些膽怯。

「怎麼樣？」張文説。

「賠二十元給我吧。」的士司機説。

「好，我賠給你。」張文上車取了一支水喉通下來，氣勢洶洶，在的士司機面前揮動，「賠二十元嗎，太少了，你不如説要二百元吧！」

的士司機急忙跳上車，絕塵而去。

張文和許娟得勝地走回貨車上。司機繼續開車，不久到達了藍田屋邨。

車停定後，十幾個主婦立刻圍了上來，但老闆娘好像被剛才的小意外困擾着，仍餘怒未消。她將一包包的膠花，大力擲下地上，踢下地上！

司機知趣地行近一旁。

「她今天怎麼啦？這老虎乸。」一個主婦悄悄問。

「家變啦。」司機神秘地説。

「甚麼家變？」立刻有三個主婦走近，幸災樂禍地。

「王嬌，你不要膠花啦？」

老闆娘將一袋膠花擲在她身旁。

王嬌離開司機，領取膠花。其他三個主婦也一哄而散。

「徐四妹，你上次交來的貨，沒有工資給你。」

「為甚麼？」一個主婦問。

「你還好意思問？你竟用生油塗在膠花上，以為容易穿，起貨快，但你知道膠花完全爆裂，報廢了嗎？本來我是要你賠償的。現在只抵消工資，你還不滿意？」

徐四妹啞口無言。

「王嬌，你不要走！」

「甚麼事？」

「上次你交的膠花水口，為甚麼那樣少？」

「水口少，自然交得少了。難道它可以吃下肚中嗎？」

「它是不可以吃下肚中，但可以賣錢呀！個個像你那樣，我這廠豈不要賠本？」

「真是算死草！」王嬌喃喃地說。

「張阿鳳，你交貨為甚麼那樣慢？」

「我兒子發燒。」

「發燒？」老闆娘狠狠地看她一眼，「我看兒子發燒是假，你打麻雀是真。」

「難道打麻雀也不准？」

「你拿我的貨，就要依時交。否則，你不要做，去打你的麻雀好了，我這廠親自外發給人，工價又不低，不愁沒人做的。」

「不做便不做！」張阿鳳賭氣地走了。

「你下次來求我時，休想我發些易做的給你！」老闆娘望着她的背影說。

就這樣，十幾個主婦幾乎有一半以上被許娟加以指責和呼喝，但她們卻不敢作聲，因為這老虎乸很精明，何況她這次盛怒而來。

外發完畢，司機走回車上，等待她上車。但他吸完一口煙時，她

仍站在一旁發呆。

「陳太，開車啦。」司機説。

許娟如夢初醒，坐上貨車。張文駕車返廠。

「張文，你未結婚吧？」她問。

張文搖搖頭。

「有女朋友嗎？」

他再搖搖頭。

「我介紹一個給你好嗎？」

「真的？」

她微笑點頭：「這個人你也認識的。」

「誰？廠內的包裝女工？」

「她是女職員王小姐。」

「我怎配得起她？她又美麗、又能幹，是經理得力助手。而且，經理喜歡嗎？」

「這與他何干？」

「她是不會喜歡我的。」

「你太自卑了，她是白領，你也是技工，薪金不比她少呀，她靚，你亦相貌堂堂。」

「甚麼時候見面？」

「今晚在餐廳，九時正，記得來。」

「好，我一定來。」他帶點興奮。

晚上九時，許娟去到餐廳，見張文穿了一套西裝坐在一角，她走近坐下。

「陳太，王小姐呢？」「她一會會來的。」

話還未了，王小玉已來到，她向老闆娘打了招呼，又向張文點一下頭，便坐在許娟身旁。

當她坐下時，立刻有一股香氣襲來，那是花香，一種高級香水。

許娟抬頭打量着她，她穿着一件低胸露背連衣裙，胸前乳溝若隱若現。她身材窈窕，但豐滿而多姿，呈標準的波浪型，她的嘴唇是紅色的，手指甲也是紅色的。在她鵝蛋形的臉上，配以一個時髦的髮型。一對長耳環在她說話微笑時搖曳生姿。她臉上永遠帶着笑意，連那對水汪汪的眼睛也帶着笑意。她穿一雙四吋高跟鞋，走起路來身體前後像波浪般起伏不停。當她剛才走進餐室時，不但吸引了男士們的注視，連一些女士亦抬起羨慕的眼睛。

一個普通女職員，竟花那麼多本錢在打扮上，實在與她的收入大大不相稱的，也無怪自己的丈夫會對她那麼着迷了，從現在的情形看來，這狐狸精與丈夫的關係，可真不簡單了。

許娟注意到，自己雖是經理太太，樣貌也不比她遜色，但兩人坐在一起時，竟相差了一大截，自己的手是粗糙的，自然沒有塗指甲油。王小玉是窈窕型，她雖略胖，但絕不臃腫，是楊玉環型的美。但王小玉的低胸裝令人充滿遐思，她自己卻被一套套裝將美好的身材包裹了起來。說到髮型，人家是時髦的，她只電普通髮，而且已經半年了。至於甚麼耳環、口紅及胭脂，更一點也沒有。王小玉有一對四吋名廠高跟鞋，她卻是一對平底鞋，且是普通貨色。無怪乎剛才侍應對王小玉特別熱情，對她特別冷淡了。

「王小姐，你這樣懂得打扮，無怪連經理也對你着迷了。」許娟話中帶刺地說。

「陳太，經理有你這樣美麗的賢內助，怎會對我着迷？我這樣打

扮，不過是一種禮貌而已。」

「我靚？唉，已經老了，不夠你們年青貌美的競爭了。」

「雖然你比我大五、六年，但一點也不覺呀。不信，你可以問張先生。說到競爭，你是老闆娘，陳先生又英明神武，何需與人競爭，你已是勝利者了。」

許娟抬頭看張文，見他點頭微笑，卻目不轉睛看着王小玉。

「唉，男人是會變心的！黃臉婆又怎及得狐狸精？」許娟露骨地說。

「陳太，你好像對我有點誤會呢。不錯，經理在半年內加了我兩次薪水，但幅度不大呀，經理是個正直的好人，他同情我家境貧困，所以才兩次加薪。其實，經理在我面前常提起你呢！」

「他說甚麼？」

「經理說：我太太是一個男人婆……」

「他竟然在別人面前侮辱我？」「陳太你別誤會。他的意思是說，我太太是一個巾幗鬚眉，我這間廠，是靠她的功勞，才有今天的。」

「我不信。」

許娟心中充滿甜意，對王小玉的敵意已大大減少，轉為欣賞起她來。

「是了，陳太，你約我來有甚麼事？」王小玉問。

「你是聰明人，猜一下吧。」

小玉看了張文一眼，故意說：「猜不着呢？」

「我問你，你有男朋友未？」

「誰會喜歡我這小職員？」

「即是說，你還未有男朋友？」

她點點頭。

「張文你認識的？」

「認識。文哥是廠內司機，駕駛技術一流。」

「不但技術一流，他的相貌人品，也是一流的。現在的青年，那個不賭狗馬？但他卻連麻雀也不會打，多難得呀！」

「是，文哥是老實的好人。」

「現在的所謂時代青年，喜歡朝三暮四，亂攪男女關係，張文卻不會。」

王小玉禮貌地點點頭。

「既然你未有男朋友，張文又未有女朋友。你們的年齡和相貌都差不多，不如大家做朋友吧？」

許娟說完，看着王小玉，她低頭不語。許娟看張文，他有點喜出望外。

「好，我有事先走，你們談談吧。」

許娟走後，張文坐近王小玉身旁。

「文哥，是你要陳太約我出來的嗎？」小玉問。

「不是，是她要將你介紹給我。」

「哦，原來如此。」

「小玉，你不介意我叫你的名字吧？」

「不介意。」

「小玉，聽人說，你和經理很好呢。」

「怎樣好法？」

「還用直言嗎？」

她微笑凝視着他：「你相信嗎？」

「我不知道。但無風不起浪！」

「我處身的環境，難免有瓜田李下的嫌疑，何況世上無聊的人又多，我怎會和經理好？他的年紀大我十多歲，又是有妻室的人。我怎會破壞別人的家庭幸福？」

「所謂人在江湖，身不由己，有些女職員、女秘書，為了自己的飯碗，時常要委曲求全的！」

「我走了！」她站了起來。

「小玉，對不起！」他拉着她的手，她沒有甩開，順從地坐下。

「你侮辱我！」小玉説。

「好，我們不要談論這些。現在九點半了，不如去看電影吧？」

「好，附近戲院有一套笑片。」

張文埋單後，兩人向戲院行去。在行過一條馬路時，張文乘機握着她的手，她竟沒有反對。

在電影院內，小玉看至好笑時，便笑了起來。但她每一次笑，都將軟綿綿的身體靠近張文。張文嗅到了她的髮香和體香，不覺心猿意馬起來。他握着小玉的手，立刻感到一股熱力傳入體內。

看完電影，張文叫的士送小玉回家。

「小玉，我們現在是朋友嗎？」

「當然。」她將身體靠近張文。

「今晚我太興奮了！」

「你還相信我和經理的謠言嗎？」

「不相信。」

「現在你每月有多少工資？」

「二千元。」

「想加工資嗎？」

「當然想。你可以……」

「我可以叫經理加五百元工資給你。」

「真的？」

「真的。不過以後陳太對我有甚麼批評，你要告訴我。」

「好，我答應你。」

「我到了，再見吧。」

她說完，迅速在張文臉上吻了一下，使他有一陣天旋地轉的感覺！自從許娟將王小玉介紹給張文，她覺得丈夫從此將得不到小玉的歡心，特別是張文那陶醉的樣子，使她更感到自己勝券在握。

從這幾天來的觀察，許娟發覺經理室的門一直開着，從未關上過一次，於是她放心了。但有一件事，卻使她生起疑來，這幾天丈夫晚晚深夜才回來？難道他改為出外花天酒地，玩那些野女人？

這一晚，陳大牛竟在深夜二時才回來，而且帶着七、八分酒意。

他入房中，開了燈，使勁搖了太太幾下，見沒有反應，便坐在牀邊，大笑起來。

許娟並沒有睡，她要看他有甚麼說話。

「這黃臉婆，日間只會工作，晚上只會睡覺，太沒有情趣了！」他自言自語起來。

許娟一陣心酸，努力強忍着。

「說起情趣，小玉便不同了，她身上有說不盡的情趣呢！你這黃臉婆有哪一樣比得上她？她比你年輕，有教養、懂打扮，知道男人的心理和需要。她的每一句話，都使我如沐春風，但是你，你從未稱讚過我一句，雖然也不敢反駁我。你，你太沒有情趣了！」

許娟眼裏有晶瑩的淚花！

「你這賤人，竟敢當面指責她，說她是狐狸精！你不但說她是狐狸精，還說了我不少壞話，當着兩個男女員工面前，太可惡了！」

「就算她是狐狸精，也得有做狐狸精的本錢和資格。你有嗎？你老了！你看你的手那麼粗糙，身材開始臃腫；還有你臉上的雀斑，已愈來愈密了。你笑的時候，額上出現了電車軌！你初嫁給我時，汗也是香的，但現在，你的汗是臭的！即使你洗完澡穿上睡衣時，你身上的異味仍使我忍受不住！」

「最使我覺得討厭的，是你睡在牀上，像死人一樣。你那些難聽的呼吸聲，時常使我發惡夢！我醒來看見你張大了嘴巴呼吸。」

「一動也不動，就想給你兩下耳光，甚至想推你落牀！你怎能怪我變心？」

她側躺着，淚水已濕透了枕頭！

「我們結婚已十年了，但是十年來，每晚我與你相好，你從來不會做主動，而且永遠是一個姿勢，一種款式，使我愈來愈討厭，你看小玉，她只要笑一下，甚至只拋來一個眼神，已足以使我神魂顛倒了，哈哈！」

她心裏有恨在萌芽！他點上一支煙，吸上一口，繼續說：

「你這惡毒婦人，竟想破壞我們。你指使司機張文多次向小玉進行騷擾！一個司機那樣聽你的話，你究竟給了他甚麼好處？小玉對我說：『要提防那個司機。』我沉思良久，覺得他實在不簡單！哼！要是給我找到證據，我是不會放過你這一對狗男女的！」

許娟感到低估了王小玉，想不到那狐狸精如此心狠手辣！

「你認為我和小玉好，就對不起你嗎？你錯了，這個社會上，像

我這樣身份的男人，哪個不三妻四妾？哪個沒有幾頭住家？而我，不過養多一個女人，你就看不過眼了？其實我比起其他一些老闆來，算是有良心了。起碼，我還未和你離婚。在公眾面前，你還是我唯一的、合法的太太。我算給你面子吧？」

「當然，如果我不是念在你替我辛苦創業，我早就找個藉口一腳將你踢開了！」

「但是直到現在，你仍住在我家中，而我每晚都回來與你共睡一牀。雖然大家同牀異夢，感情是不會有的了。但我仍竭力忍受。」

他坐在牀上，將一隻腳放在她身上。由於他坐在牀尾，所以那腳便經她胸前直達她的臉面！

許娟嗅到一陣難聞的「香港腳」味！她想起結婚初期，她也曾與丈夫吵嘴，於是她躺着不動，閉上眼睛。那時他就會將一隻腳放在她身上，目的在激怒她。當她發怒打他或捏他時，他便乘機擁抱着她。她經過一番「掙扎」，兩人便言歸於好。但是現在，丈夫這腳放在她身上，卻代表了侮辱和輕視！她真想大哭起來！但是，她仍強忍，淚向肚中流！

「本來我對小玉還未完全投入，只偶然和她去一次酒店或公寓開房，事後給她一千幾百元。但你竟惡毒地陷害她！當她梨花帶雨向我哭訴時，我怎能不心軟？於是我決定買一層三百呎樓給她，每月給她五千元家用。我不想這樣做，這是你迫成的！」她憤力推開他的腳。

他似乎毫無所覺，或根本不以為意，繼續說：「你也許奇怪，她為甚麼那樣吸引着我？也好，讓我告訴你吧！除了她比你年輕，身體的肌肉比你結實外，在其他方面，她也遠勝過你的！小玉雖只來了六

個月，但善解人意，我心中在想甚麼，她就知道了。甚至於，我的一個眼神，一個十分微小的動作，她都知道我的用意，而且，我未說出，她已照我的意思先做了！」

「記得那一次，她來了兩個多月，那天忽然穿了一件只有兩條吊帶的衫裙。我們對坐室內，我的心神為之蕩漾！我試着站起來，窺看她胸前的衣隙，我看見那裏面竟一無所有，那雪白的肌肉呈現在我眼前。我的心劇烈地跳起來，情不自禁將門鎖關上。雖是輕微的聲音，但她一定聽見。如果她裝作出外倒茶，將門開了，我便不敢作進一步行動。但是，是她竟將百葉窗放了下來，拉好了。我的心多麼激動啊！」

「我拉了一張椅，坐在她旁邊，假意看她記帳，等待機會來臨。果然她因為一件小事，笑了起來。她吃吃地笑着，身體卻軟綿綿的，像要倒下的樣子。我立刻一隻手環抱着她。如她掙脫，我便只好放手。但她沒有動，只用眼尾看我一下，看得我魂兒也飛走了！我顫抖地扶着她，另一隻手便急忙在她胸前伸將入去。」

「我玩弄了許久，玩得我熱血騰沸，索性將她抱起，放在長梳發上，然後撲向她身上。」

「但是，我只吻了她的唇一下，她便將我推開，阻止我進一步的行動，我只得聽從她。幾天後，她的薪金便由一千五百元加至二千元。」他又將一隻腳放在太太身上。

許娟再次奮力撥開！

「太太，你醒了嗎？來，讓我再來告訴你精彩的戲肉吧。自那次之後，那小妞兒有半個月不讓我接近她。但有一天，她又穿了一件火紅的恤衫，並且，她有意無意之間碰了我一下，一陣熱和溫暖的感覺

向我襲來！我又將門鎖上，及放下百葉窗。那時是下午一時，廠內一個人也沒有。當她假意走去要開門時，我立刻在背後抱着她。我將她像摔角一樣拋在沙發上，動手解她的衣鈕。」

「當時她想反抗，但怎及我大力？她想叫喊，但嘴巴已被我用口封着了。於是，我們便在寫字樓內幹了起來！那次我驚異地發覺，她竟然是一個處女！我問她為何願意犧牲？她説：『你強迫我，我能反抗嗎？』其實她有大半是自願的，因為她窮困，急需要錢用！事後我給了她五千元，再將她的工資加至二千五百元一月。」

「我記得當我奪去了她的貞操後，她頭髮散亂，衣履不整，伏在桌上痛哭了起來！我當時真有點後悔，如果知道她還是處女，我是會考慮一下的！她之所以不拼命反抗，是由於心情矛盾，以及委曲求全吧！」

許娟恨透了丈夫！

當陳大牛躺下，呼呼大睡時，她卻想了整整一夜，天明才睡了一小時。

許娟第二天起來，丈夫已不在，返廠了。她想起昨晚的羞辱，遂刻意將自己打扮一番，她塗了口紅，也塗了手甲，臉上還搽上脂粉。她穿了一條西裙，一件鵝黃色恤衫。果然，回到廠內時，工人們都多看了她幾眼。

當她坐上外發的貨車時，張文説：

「陳太，今天有得飲嗎？」

「不要叫我陳太！」

「叫你甚麼？」

「我有名字。」

「叫你娟姐好嗎？」

「給我一支煙。」她説。

張文遞上一支煙。

她仰坐着，徐徐噴出煙圈。

張文望她一眼，竟看見她那黃色恤衫有一粒鈕沒有扣好！他不覺看多了一眼，見她竟閉上眼睛。

外發時，主婦們也小聲議論起來。一個主婦還對司機説：「老闆娘看上你了！」

外發完畢，張文想開車回廠，許娟突然説：「駛上安達臣道。」

「幹甚麼？」

但是，當張文問完，看她一眼時，竟見她毫無反應，閉上了眼睛。而且，她恤衫的衣鈕，已有兩粒鬆脱了！

張文將車駛上安達臣道，問她停在甚麼地方？她也不答話，最後，他只得停在僻靜處，死了火。

老闆娘仍無反應，只閉眼坐躺着。

「娟姐，娟姐。」

他叫了兩句，沒有反應。

他再湊近她耳邊叫兩聲，也無反應。

「莫非她睡着了？」

張文點上一支煙，將煙霧朝她噴去。她只張眼看了他一下，又閉上眼。

他望着她兩粒沒有扣好的鈕，和那緊身的恤衫，不覺一陣衝動！

他湊近她，嗅到一股女人的體香。她那豐滿的胸部，很有節奏地緩慢起伏着！

他擁着她，大力吻她的咀。

她推開他，張開眼睛，給他一記耳光！

「你幹甚麼？」張文疑惑地說。

「我問你想幹甚麼？」

「你分明在引誘我，卻又拒絕我，真使人費解？」

「誰在引誘你？」她大聲起來。

「你今天的打扮，你的眼神，你的鬆了的鈕扣，這不是證據嗎？我知道你是想向丈夫報復，因為他和王小玉鬼渾！我說得對嗎？」

「你胡說！」

「但你的行動已在證明給我看了！既然你恨丈夫，我也恨他，我們就發生關係，給他戴綠帽吧！」

「你也恨他？」

「當然！自上次之後，我每次約小玉，她都推卻，說經理不喜歡！你的丈夫是男人，我也是男人，他憑甚麼霸佔兩個女人，而我一個也得不到？不錯，他是有幾個臭錢，但就可以佔有兩個女人嗎？」

他又大力擁吻她！

她出力推開他：「你喜歡我？」

「我雖是一個工人，但也不至喜歡一個有夫之婦！我只是想向你丈夫報復！」

「你無恥！」

「你丈夫更無恥！其實既然你想報復，我也想報復，這有甚麼不好？」

他又想有所行動。

「我命令你，立即回去！」她大聲說。

「你怕嗎？你後悔嗎？」

她又狠狠摑了他一下！

「你打我？」他撫摸臉頰，看了她片刻，「對不起，我一時衝動，你是無辜的。既然這樣，我們回去吧！」

司機駕駛貨車回廠。

下午，她對丈夫說不舒服，回家休息。

返抵家中，許娟躺在牀上，想起昨晚丈夫的話和今天早上發生的事，內心極度矛盾：「我真的想向他報復，給他戴綠帽嗎？」她自語着。

「不可能，絕不可能！我怎會有這種想法？我怎能做出這種事？」

「你今天的打扮，你的眼神，你鬆了的鈕扣，這不是證據嗎？哈哈，你這淫婦！」司機獰笑說。

「這太不公平了！他可以有第二個女人，我為甚麼不可以有第二個男人？」有一個聲音在說。

「但是，女人怎能不守婦道？怎能紅杏出牆？這是一種莫大的恥辱呀？」另一個聲音接着說。

她想了很久，連晚飯也沒有吃，就倒在牀上睡着了。

她做了一個夢，夢見自己和張文赤條條在郊外草叢做愛。忽然面前出現她丈夫陳大牛，他手握一把利刃，怒不可遏地說：「看我結果你這對狗男女！」於是他手起刀落，刺進她的胸膛！

她在慘叫聲中醒來，嚇得滿身大汗，她定定神，想竭力擁抱丈夫，但牀上只有她一人。

許娟起來，開了燈，拿起手錶一看，竟是深夜四時，快要黎明了！

「原來他昨夜沒有回來，一定睡在狐狸精那兒了！」

　　她望着冷清清的房間，不覺伏在牀上痛哭起來！

　　不覺又過了半個月。在這十幾天內，陳大牛差不多有三分之一時間晚上沒有回家睡覺，許娟也曾痛哭了幾次，和他吵鬧了幾次，但亦於事無補，她想過報復，想過返外家，甚至想過離婚。但是，她始終不敢有所行動，只是，她消瘦了許多，面帶病容！有一晚，深夜十二時，許娟在睡中被一些聲音驚醒，急忙起來，亮燈一看，見到丈夫喝醉了回來，跌坐在地上，手被摔破的玻璃杯割破了，血正在流！

　　她本想不理他，沒奈何只好替他包紮好傷口，扶他上牀，替他脫去鞋襪外衣。當一切完畢，她想去關燈時，忽被丈夫一把拉入懷中。

　　許娟想掙脫，無奈已被他緊緊擁抱着。

　　「做甚麼？我身上有臭汗的！」她說。

　　「娟妹，你原諒我吧！」

　　他像一個孩子似地哭了起來！

　　這幾年來，丈夫已很少這樣親暱地叫她了，現在，她心裏不禁有一絲甜意。

　　「你怎麼啦？」她問。

　　「你肯原諒我嗎？」他淚流滿面。

　　結婚十年來，她從未見丈夫這樣哭過，不覺有些慌張：「以前的事不要提了！」

　　「那個狐狸精，她真是又狡猾又惡毒，我已經花十幾萬買了一層樓給她，每月還給她五千元，她還不滿足，要一萬元才甘心，我說：讓我考慮吧。但是，她就反臉無情，不讓我接近她了，以前我到她那裏，除了獲得熱情接待，還有湯水喝，有美味的飯菜。現在不但沒有，她的面孔更像冰一般冷！」

「今晚我本想在她那裏過夜，她竟説不舒服，毫不客氣地下逐客令，本來我不必回來，甚至向她發威，但你知道嗎？她的臉色，她的眼神多麼難看，我怎能忍受那充滿侮辱的神色！」

「原來她趕你走，你才回來的！」

她又想掙脱，但仍被他緊緊抱着。

「娟妹，我知道錯了，這種野女人，心目中只有錢，她對我根本沒有感情存在，只有你，我的好妻子，才能與我患難與共！」

「你不要在我面前做戲了！」

「你難道要我發誓，甚至跪在你面前，才肯相信，才肯原諒的我嗎？」

他的眼神充滿了誠懇。她想起了從前無數憂患與共的日子，不禁有些心軟，便依偎在他懷中。

他用手抹去眼淚，將她放倒牀上，開始吻她。

她推開他説：「我有口臭的！」

他又再吻她，這次她沒有拒絕。

片刻，他動手脱去她的衣服。

「今晚不要！」她仍有恨意。

但他不罷休，最後她只好順從。發洩完畢，他擁着太太沉沉睡去。

她仍醒着，全無睡意。她想了很多很多：丈夫真的回心轉意，重新回到她身邊嗎？她看到他眼角的淚痕，和被緊抱着的自己，不禁陷入往事的回憶中。

那一晚，兩人在廠內工作至深夜，準備回家睡覺，許娟先行，但在樓梯轉角遇上兩名劫匪，在鋒利的西瓜刀下，她只好奉上財物。

「只有三百元！」一個賊人説。

「連手錶只是五百元左右。」另一個説。

「拿你的金鍊來！」

她只好連金鍊也獻上。「走吧，大哥。」賊人説。

「且慢，這妞兒也有幾分姿色，不如讓我們享受一下吧！」

賊人色迷迷看着她。

「你們千萬不要亂來，我丈夫就要來。」許娟説。

「你丈夫，在哪兒？」賊人捏了她一下臉，想擁着她接吻，卻被她大力咬了一下嘴唇！賊人惱怒摑了她一下。另一個賊人，便乘機將她推跌在地上。

「救命，救命呀！」她大聲呼喊。

陳大牛聞聲趕至，大喝他們停手。

「你就是她的丈夫吧，本來我也想放過她，但她咬了我一下，我要報仇，在你面前將她強姦，哈哈！」

「你敢！」大牛想衝前。「不要動，否則有殺冇賠！」賊人揮動西瓜刀。

陳大牛又急又怒，兩個賊人，一個用刀對着他，一個便騎在許娟身上。兩個賊人，動手剝她衣服。大牛見情急，憤不顧身衝前，賊人便一刀迎面斬下，他用手臂一擋，鮮血直冒！大牛忍着痛，另一隻手一個拋拳，朝賊人下顎打去，賊人痛楚，刀便脱手。兩賊見勢色不對，急忙走了。

許娟起來，扶丈夫回廠包紮。

「你剛才太冒險了！」她説。

「在我心目中，你比我更重要！」

「真的！」

「你不相信？」

「如果我被賊人污辱了，你還愛我嗎？」

「當然！」他説。

「為甚麼？你不嫌棄我？」

「因為你是被迫的！你的身雖然受辱，但你的心是純潔的！」

許娟躺在丈夫懷中哭泣起來！

「娟妹，我説錯話嗎？」

「不是，而是我太高興了！」

「我也很高興！」他擁抱着她。

　　想到這裏，許娟心裏有無限甜意，她決心今後好好服侍丈夫，同時注意自己的打扮。

　　此後幾天，她很注重化妝，衣着講究了，身上又噴上香水，她開始研究烹飪之道。

　　但過了一星期，大牛晚上又開始夜歸了，日間，那經理室的門又時常緊閉了，漸漸，他又故態復萌，晚上不回來睡覺了，她知道丈夫又與狐狸精言歸於好了，許娟冷靜地想了一晚，決心約王小玉出來談判。

　　黃昏的餐廳內，許娟失神地坐着。不久，王小玉果然擺動水蛇腰來到。

　　「陳太，約我來有甚麼事？」小玉滿臉笑容。

　　「你和經理的事，我已經知道了！」許娟眼裏冒火，恨不得吃了她。

　　「是嗎？」小玉神色如常。

　　「我要你立刻離開他！」

「辦不到！」

「你強奪別人的丈夫，不覺得羞恥嗎？」

「這個社會，笑貧不笑娼，誰過了海，誰就是神仙。有甚麼羞恥可言？你有本事，可以叫你的丈夫不要來找我，哼！雞仔不管管麻鷹！」

「你要多少錢，才肯離開他？」

「我和他是講心的！」

「我不信你這賤人會喜歡他！」

「我是賤人，你也好不了我多少，你以為你與司機眉來眼去的事，我不知道嗎？」

許娟起來，狠摑了她一下：「不許你含血噴人！」

小玉撫摸臉面，得意地冷笑起來：「你想向丈夫報復，給他戴綠帽，是這樣嗎？哈哈！」

一股羞慚和怒火在許娟體內燃燒着。

「其實你也不必緊張，你丈夫不會和我結婚，我也不會嫁給他，他太老了，距離我的理想仍遠呢？他不過在玩弄我，玩厭了就拋棄，而去另識新對象了，而我，自然要在他未厭倦我之前，拼命抓錢。你可以說我們是在進行交易，其實社會上比這卑鄙的交易多的是呢，你又何必大驚小怪？」

「至於你丈夫，他絕不會與你離婚，你可以放心，因為他不是甚麼明星、歌星，可以隨便離離合合，讓小市民加以談論，增加其知名度，你丈夫是有身份的人，他的名譽重要，他怎能讓社會人士說他貪新忘舊，拋棄他的患難妻子？」

「只是你太可憐了，現在你對他的價值，只是宴會上的一塊招牌

而已！」

　　許娟大怒，走過去扯着小玉頭髮，加以痛打，兩個女人纏作一團，但小玉怎敵得過她？她的上衣被許娟扯爛了，臉上留下一些指甲印，最後王小玉雙手掩着胸前，赤腳走出餐室，截了一部的士回家。

　　許娟也急忙離開現場回家。

　　在家中，她想起剛才將那狐狸精羞辱，感到無限痛快，但是，那賤人會將事情告訴丈夫，向他告枕頭狀嗎？

　　「他如敢打我，我就和他拼了！」她下定了決心。

　　這一晚，她在牀上翻來覆去睡不着，不禁哭了起來，打電話向媽媽訴了一輪苦。

　　娟媽在電話中説：「阿娟，你不要哭，既然這樣，你不如來我處住幾天，看他有甚麼反應吧。」

　　她沒有答話，頹然放下聽筒。

　　有開門聲傳來，她知道丈夫回來，急忙走上牀，臉朝牆壁詐睡。

　　門開了，她首先聞着一股酒氣。然後，是他脫衣服的動作聲，最後是他在牀上躺下，立刻呼呼大睡。

　　他回來竟對她視而不見，好像她根本不存在，她想起從前回來時，必定會推她一下，吻她一下。或者，擁抱着她一起睡去。但現在他竟獨自睡去，背向着她，許娟不禁流下了兩行熱淚！她想起母親的話，決心回到她身邊，這裏太冷了！

　　許娟起來，穿好衣服，也不留下字條，就截的士走回外家。

　　「那麼夜，是誰呀？」一個老婦人的聲音。

　　「媽，是我。」她聽出自己的哽咽！

　　門開了，一個白髮蒼蒼的老婦人出現在許娟面前，她的皺紋加深

了，背也微駝起來。

「媽⋯⋯」她鼻子發酸，撲倒在老婦懷中，痛哭起來。

「孩子，是你嗎？不要哭，媽還可以養得起你！」

老婦輕撫她的背，兩人一同入內。

「你爸睡着了，不要吵醒他，明天，也不要將事情告訴他。」

許娟含淚點頭。

「孩子，今晚委屈你，就暫時睡沙發吧。」

「媽，夜了，你去睡吧，我自己會睡的。」

「我拿一張氈給你。」

「不用了，天氣不涼，我蓋這件大褸便可以了。」

「那麼，明天才説吧！」

在朦朧中，有人按門鈴。許娟舉起夜光錶一看，是深夜三時。

「誰呀？」娟媽亮了燈，去開門。

「媽，是我。」

她聽出丈夫的聲音，也不知是喜是悲，連忙閉上眼睛詐睡。

「大牛，是你！」娟媽説。

「阿娟有來嗎？」

「她在沙發上睡着了。」

大牛走近，推了她幾下，親暱地説：「娟，你為甚麼半夜三更走來這裏睡覺？我醒來不見了你，擔心極了！」

許娟起來，看着丈夫，只不言語。

「你們談談吧，我要睡覺了。」娟媽説。

大牛一手攏着許娟肩膊説：「回去吧！」

她掙脱坐開，並不説話。

「娟，既然大牛來接你，就回去吧！」娟媽說。

大牛再次擁着許娟，她想擺脫時，大牛捉着她一隻手，許娟抬頭，見丈夫目光充滿了溫柔與誠懇。

「回去吧！」他說。

許娟心軟，只好和他回去。

回到家中，大牛臉色立變，冰冷而威嚴地審問：

「你為甚麼半夜回家，發神經嗎？」

「你管不着！」

「你半夜回外家，分明告訴你父母，我待你不好！」

「事實不是這樣嗎？」

「你究竟在你媽面前說過甚麼話？」

「若要人不知，除非己莫為，你怕嗎？」

「你說了？」他目露兇光。

「說了又怎樣？我說你在外養了狐狸精，被她迷着了！」

「澎」的一聲，大牛重重地摑了她一下。

她掩臉痛哭！

大牛一手扯着她頭髮，將她抬高，另一隻手想再打落去，但他看見她眼裏的淚水、委屈和怨恨，不禁心軟了，手停留在半空。

「你打死我吧！」她哭着說。

「你以為我不敢？」

「你打死我，去和那狐狸精雙宿雙棲吧！」大牛沒有打她，但將她身上的衣服扯爛了！

許娟怨恨地看了他一眼，憤然地說：

「你會後悔的！」

「甚麼？你想作反？告訴你，你是飛不出我手掌心的！」

這幾天內，許娟沒有上工，躺在家中呆呆地想，有時飯也不吃——但第四天，她忽然返廠了。

許娟在和張文外發時，突然問道：

「張文，你還有和小玉來往嗎？」

「她被你丈夫包起了，難道你不知道嗎？」

「你想得到她嗎？」

「你有辦法？」

「過兩天星期日，你在廠外等我。」

「幹甚麼？」

「我和你去一個地方。」

「甚麼地方？」

「你到時便知道了。」

「好，我等你。」

過了一會，他又問：「小玉會來嗎？」

「可能會來。」

「娟姐，多謝你！」

她對張文笑了一下，這笑容使他莫測高深。

星期天上午九時，張文去到廠外街上，見一個穿紅色T恤和碎花裙的女子向他招手，原來她就是許娟。

「娟姐，你今天的打扮，年輕了十年呢！」司機說。

「真的？」

「真的。其實你也很靚，真不明白經理為甚麼會變心？」

她截了一部的士，兩人上車。

「西貢郊野公園。」她説。

「為甚麼去那麼遠？」

「我約了小玉去那裏。」

張文坐在她身旁，立刻有一股名貴香水向他襲來！他不禁注視了她一下，見她臉部刻意化了妝，頭髮披散在肩上。他還看到，她今天穿了一對高跟鞋。而那條碎花裙，短至膝以上。她那對大腿，則穿上一雙黑色襪褲。

「娟姐，經理近來對你好嗎？」

「不要提他！今後也不要叫我娟姐了。」

「難道叫你娟妹不成？」

「你不是説我年輕了十年嗎？」

「叫你阿娟好不好？」

「好，好！」她説。

的士進入西貢公路，在轉一個轉角時，許娟身體向張文傾斜，兩人便貼坐在一起。但在駛回直路時，她並不坐開些。張文接觸到她的身體，感到有一股熱力傳來。

「給我一支煙。」她感到自己心跳加速。

張文給她點煙，自己卻不吸。

「今天天氣很熱！」她説。

「是……很熱！」

她覺得他有點緊張和不自然！

「你不介意我靠着你肩上睡一會吧？」她説，同時將頭靠緊他。

「不……介意！」他聲音有點發抖！

「這半截煙，你吸吧！」她説。

張文接過煙，吸了起來。

一會，她忽然抬頭問他：「你有沒有去娛樂場所玩過女人？」

「你的意思是……」

「叫雞！」

她朝他笑了一下，充滿了嫵媚！

「我……」他十分不安！

「有沒有？怕甚麼？」

「試過一、兩次！」他大着膽子。

「先生、太太，到了。」的士司機說。

她付完錢，和他一同落車。

許娟挽着張文手臂，向山上小徑行上。

「陳太，你……」

「為甚麼又叫我陳太？」她緊靠着他。

約二十分鐘，他（她）們上至一處樹蔭下。

「就這裏吧！」她笑着說。

兩人一起坐在草地上。

「小玉呢？」他問。

她轉為坐在他對面，身體向後仰，雙手扶着地下，兩腿伸直，微微張開：「你覺得我比得上小玉嗎？」

「雖然她比你年輕，但你也很美麗。」

「真的？」她兩腿張得更開些。

張文心中不安，不敢看她。

「你喜歡我嗎？」她索性躺在草地上。

「你說甚麼？」

「你就將我當作小玉吧！」

她閉上了眼睛等待。

「你……不要……迫我！」

她坐起來，脫去T恤，露出雪白的肌膚和豐滿的乳房！

張文看見她半閉着眼睛。

終於，他忍耐不住，撲倒在她身上，狂吻着，手不停在她身上活動！

他脫去上衣，和她赤裸上身。

她想起丈夫對她的羞辱和掌摑，狠心閉上眼睛！

他動手脫去她的裙子！

她彷彿看見丈夫和小玉全身赤裸，倒在牀上！她流下了眼淚！

他脫去了自己的長褲！

她看見小玉擺動水蛇腰向她冷笑！

她仇恨地萌起報復的念頭！

張文仍在她身上狂吻着！

她已經淚流滿臉！

他如箭在弦，動手 去她僅餘的內褲！

那一晚，丈夫和她自外家回來，舉起手想打她，但手停留在半空。在短短的剎那，她看見他眼裏飛逝而過的姑息的溫情！那一次，他奮不顧身擊退劫匪，手負了傷！他說：「你比我更重要！」

「不行，你不可以……」她一手拉回自己內褲。

「不行，我無法忍受了！」

他大力扯她內褲！

「放開我！」她大聲叫喊。

張文狠摑了她兩下，繼續狂吻着。

她大力咬了張文肩部一下，他痛極放手！許娟急忙爬起來，取回T恤，掩着胸前。

張文步步進迫！

「你放過我吧！」她淚流滿面。

張文擁抱着她，但她雙膝跪在地上！

「你！……」

「我不想對不起他！」她的聲音顫抖而淒涼。

「你走吧！」張文別過頭，「立刻離去！」

許娟立刻穿回T恤及裙子，手挽高跟鞋，狂跑落山！

當她跑落馬路，坐上一輛新界的士時，心才定下來。但是，左腳板傳來一陣刺痛，原來腳底劃破了一道傷口，血正在流！

「小姐，你被人打劫嗎？」的士司機問。

「不是……不是！我沒有事。」

她在西貢市區落了車，坐上一輛市區的士回家。

在車內，她整理好衣衫，抹乾眼淚，內心有想再哭的衝動！此刻她歸心似箭，她想起了家，想起了丈夫，她要回到他身邊！

當她返抵家門時，心中立刻有一種犯罪感，她害怕見到丈夫！

許娟掏出鎖匙，像一個小偷，輕輕地開門入內。原來大牛不在家。她鬆了一口氣，立刻將那套衣服換掉，改穿一件西裙及白恤衫，換上平底鞋。

她竭力做着各種家務，盡量不去想剛才的事情。她將丈夫的衣服用洗衣機洗了，將他的皮鞋擦亮。然後，拿着熨斗將他的西裝燙至畢挺，連那條領帶也熨得像新的一樣。

黃昏，她煮了丈夫平時喜歡吃的幾道菜，坐着等他回來。

她等了很久，直至晚上八時，陳大牛才回來。

「我等你吃飯呢！」她説。

「我已經吃過了！」

在平時，她會很生氣，但今晚卻面露笑容。

「你還未吃？」他問。

她點點頭。

「你自己吃吧！」他走進浴室。

她於是自己吃，但心竟跳過不停，早上的一幕在她腦海裏出現！為了掩飾不安，她倒了一小杯白蘭地喝下。

「你飲酒？」他看見她臉很紅，微有碎態。

「你不喜歡？」她溫柔地微笑。

「你不懂喝，就不要喝吧！」他拿起餘下半杯酒，一飲而盡。

她吃完飯，大牛坐在房中看報紙。許娟一把搶去丈夫的報紙，拉他埋牀。

她替丈夫寬衣解帶，他疑惑地看着她。

她將自己的衣服全脱光，自己躺上牀。

大牛溫柔地擁抱着她，愛撫她，吻她。他感到自己幾天前有點過份，盡力討好她。

她盡力奉迎着，直至筋疲力盡，才沉沉地睡去。

但她做了一個夢，夢見自己在酒店內和張文做愛，事後張文拿着她的內衣褲說：「今後你便是我的人，要晚晚陪我上牀了！」

「快還給我！」她全身赤裸，羞慚地要搶回內衣褲。

「這是證據，怎可以還給你！」他獰笑着。

她伸手去奪。

張文將內衣褲向上一拋，它便飛向天上！然後他撲向她說：「你這淫婦，何必假正經！」

她被張文壓在身上，壓得透不過氣來！

「救命，救命呀！」

許娟在大驚中醒來，嚇出一身冷汗！她看着身旁的丈夫，內心充滿了罪惡感！

「做甚麼？」大牛醒來問。

「我發了一個惡夢！」

大牛閉上了眼睛。

「牛哥！」

她有向他坦白的衝動！

「你怎麼啦？」

她緊緊依偎在丈夫懷中，哭了起來。

「你想説甚麼？」

「牛哥，我很害怕！」

「怕發惡夢？」

「我怕你會離開我！」

「我現在不是在你身邊嗎？」

「你將來會離開我！」

「不會的。」

「牛哥，我求你，你離開她吧！」

「誰？」

「王小玉！」

「傻女，你以為我真的喜歡她，會和她結婚，而拋棄你嗎？」大牛握着她的手，深情地說，「我倆渡過了十年憂患與共的生活，這種關係，是經得起任何考驗的！」

許娟疑惑地看看他：「那麼你現在和她？……」

「我不過逢場作戲而已！」

「你已玩厭了她？」

「我一時糊塗，被她的美色所惑！現在總算逐漸清醒起來了！」

「你何時離開她？」

「這個……何必說掃興話，談些別的吧！」

「原來你騙我！」她神色悲傷。

「總之，我絕不會和你離婚，你可以放心了吧！」

「就算你離開她，你也不會回到我身邊，而會喜歡上另一個陳小玉，或何小玉，因為我已失去了吸引力了！男人就是這樣，已經得到手的物件，絕對不會珍惜！」

他驚異地注視着她：「誰告訴你的？」

「就是她，王小玉說的！」

「她還說甚麼？」

「她說你只在玩弄她，而她也不會喜歡你。」

「真不簡單！」他低語着。

「你說甚麼？」她問。

「沒甚麼。睡覺吧！」

他閉上了眼睛沉思。

她也閉上眼睛默想。

兩人仍是同牀異夢！

第二天，許娟回到工廠，看見張文。

「陳太，早晨。」他靦覥地說。

許娟點了一下頭，但她忽然覺得今天對張文樣樣不順眼！他那條長牛仔褲剪成的短褲，顯得不倫不類！他的頭髮又長又蓬鬆，像個乞丐；而且，看來有些異味，顯是兩個月沒有洗頭！他吸煙的姿勢斜斜的，也很令人討厭！她感到對他有說不出的憎惡！「張文，你為甚麼吸煙？」她忽然大聲說。他被嚇了一跳：「陳太，你也不是第一次見我吸煙啦！」

「你瞎了眼！看不見牆上『不准吸煙』的標貼嗎？一旦火災，你負得起責任嗎？」她氣勢洶洶，十分憤怒。

「那麼，你先叫那幾個正在啤膠花的工人不要吸煙吧！」他不服地說。

「我現在命令你停止吸煙！」

她大聲咆哮着，生氣得滿臉通紅，廠內一些工人被吸引着，都好奇地看着威風八面的老闆娘！

外發完畢回來，許娟竟又走進經理室，告訴丈夫說司機工作馬虎，車輛保養得不好，她要求大牛立刻將張文辭掉！

「也不是呀。他是勝任司機工作的。」大牛奇怪地看着她。

王小玉也看着她。

「你不如回家休息吧！」大牛說。

許娟憤然走出經理室。

這樣一連幾天，許娟總對張文吹毛求疵！廠內工人都覺得老闆娘近來喜怒無常！而晚上，她又經常失眠，以及發惡夢！她夢見自己橫死街頭！

她夢見參加丈夫的喪禮！

她開始求助於安眠藥！

陳大牛要她在家休息。他夜歸及不回家睡覺的次數也比以前減少。

許娟每次見到丈夫，都要求他辭退司機。

「我夢見他昨晚用刀殺我！」她說。

大牛沉思一會說：「但請一個負責任的司機，並不容易呀！」

過了幾天，許娟如常回廠工作，一切回復正常。

有一晚深夜，大牛又喝醉了酒回來，步履不穩地走到牀邊坐下。許娟急忙替他除鞋寬衣。

「不用你！」他推開她，鄙視地看了妻子一眼。

「你怎麼啦？」

「賤人！淫婦！」他說。

「看你喝醉了，竟胡言亂語起來！」但她的心狂跳着。

「你這淫婦，你和司機做的好事！」

「你不要含血噴人！我做過甚麼事？」她的心跳得更厲害！

「若要人不知，除非己莫為。你以為我不知道嗎？」

「你有甚麼證據？」她裝腔作勢起來。

「也好，說出來讓你死心！今晚我去小玉處，她問我為何許久不來？我說：『太太近來身體不好，她好像有點神經衰弱呢！』但她冷笑說：『她做了虧心事，自然神不守舍了！』」

「你說甚麼？她做了甚麼事？」我急問道。

「一向以來，她就和那個司機眉來眼去，你看不出來嗎？最近，她又開始打扮自己，衣服鮮豔了，大膽了，難道這裏沒有問題嗎？她

既然可以做出對不起你的事，你又何必為了她而疏遠我？」

「不會吧？」我半信半疑。

「如果她不是紅杏出牆，近來怎會在公眾面前故意針對張文？她這樣做，似乎在表明自己的清白。但是，這也叫做欲蓋彌彰呀，哈哈！……」

「不許你胡言亂語！」我大聲喝止她。

「你怕了？恐慌了？」

「我狠摑了她兩下，憤而走出街外！她說的一點也沒有錯，但我是絕不能在她面前承認自己的老婆偷漢的！好了，賤人，現在你自己坦白吧！」

大牛兇狠地迫視着許娟。

「這……全是……一派胡言！」她開始恐慌。

「那麼你說，你最近穿着那麼大膽和他去外發，為了甚麼？你們經常遲歸了半小時甚至一小時，又為了甚麼？你為何要我炒了他？是怕你們的秘密洩露嗎？你說，你說！」

她驚恐地看着丈夫，向後退縮着！

大牛一手扯着她的頭髮，兇狠地迫視着她：

「你們究竟做了多少次對不起我的事？」

「沒有，一次也沒有！」她理直氣壯。

大牛用力拉着她的頭髮，扯得她很痛！

「放開我！」她大聲說。

大牛扯脫她的睡衣，使她赤裸上身，然後，他點上一支煙，在她胸前擺了擺，恐嚇地說：「還不快坦白！」

她急忙雙手掩胸，驚恐地說：「你瘋了嗎？」

「快説！」他作勢要灼她。

許娟看着丈夫，流下了眼淚！

「你灼吧！」她垂下了雙手。

大牛的香煙距離她身體只有一兩吋，他凝視了她片刻，忽然將煙踩熄，動手剝她的褲子。

「你做甚麼？」她拼命反抗。

「你還懂得羞恥嗎？」他冷笑着。

她覺得自己並沒有做出對不起丈夫的事，遂自動地脫至一絲不掛，勇敢地面向着他。

大牛細心地注視了她片刻。忽然將一口痰吐在她身上！

許娟感到前所未有的侮辱！

他拿了自己的枕頭，走出廳中，睡在長沙發上。

不久，傳來了他睡着的呼吸聲。但在他入睡之前，許娟像還聽見他漫罵賤人和淫婦的聲音！

她抹乾身體，穿回衣服，在牀上抽泣起來！她哭得兩眼紅腫，聲音嘶啞。終於，她陷入了沉思。

她想起那一晚被丈夫侮辱後，暗自垂淚到天明，然後她將自己刻意打扮一番。她和張文外發完，竟暗中解了自己恤衫一粒鈕扣，又命令他駛上安達臣道，而她卻閉上了眼睛！當她閉上眼睛時，曾幾次想叫張文回廠，但竟然沒有！

經理室的門又關上了，百葉簾又落下來了。她傾耳細聽，裏面有王小玉吃吃的笑聲！

她在安達臣道暗中解了第二粒鈕扣，閉上眼睛，臉上一陣發燒，心中一陣狂跳！她聽見自己急促的呼吸聲。她聞到了他的氣味！然

後，張文擁着她狂吻起來……

她和丈夫在山寨廠內工作至深夜，他溫柔地對她説：

「你去睡吧！」

「不行，你不可以這樣！」她推開張文，命令他回去。

許娟躺在牀上，點上一支煙。

她約小玉談判，要她離開丈夫。

「辦不到！」小玉説。

她彷彿看見小玉擺動着水蛇腰，全身赤裸，走向牀上的丈夫，兩人擁在一起！

她約張文去西貢，在的士內依偎着他！

她看見小玉向她冷笑説：「我比你年輕，比你有吸引力！」

她手挽着張文的手臂走向山上。

小玉説：「可憐你已淪為丈夫宴會上的一塊招牌！」

她主動脱去T恤，赤裸上身。張文壓在她身上狂吻着，他的手在撫摸她！

丈夫自外家帶她回來，狠摑了她一下！

張文緊緊地擁吻她！他脱去她的裙子！

大牛對她説：「你滿身汗臭，你已經老了！」

她流着眼淚，忍受張文對她的侮辱！

張文剝她內褲，她最後的防線快要失守了！

她問張文：「你喜歡我？」

他搖頭説：「我只想報復，你丈夫憑甚麼霸佔兩個女人！？」

「你無恥！」她説。

她在最後關頭推開張文。

丈夫的手停在半空，不忍打她。

張文向她撲來，她誓死反抗！

大牛擊退劫匪，對她説：「我不可以失去你！」

她狂奔落山，搭的士回家，她的腳板正在流血！

許娟一陣刺痛，急忙拋下灼傷自己的煙蒂！她面容扭曲，感到矛盾而痛苦！

第二天，許娟沒有返廠工作。

黃昏，大牛回來對她説：

「我已經將張文炒了，你可以放心了！我對他説：你自動辭職吧，我多補三個月工資給你。他想了一會説：『我明白的。』這件事做得很秘密。明天，他將不再出現。」

許娟看看他，感到無限羞愧！

一會，她抬頭説：「吃飯吧。」

「我已經吃過了。」

「我準備水給你洗澡。」

他冷淡地説：「不用了！」

然後，他自己拿了浴巾，走進浴室。

許娟沒有吃飯。她吃不下！

大牛自浴室出來，背向着她看報紙。

她想將事情向丈夫細説：她並未失貞！但是，怎樣開口？難道對他説：我解了兩粒衫鈕，我自己赤裸上身嗎？這只有使事情進一步複雜化！而且，就算她有勇氣説出來，丈夫會相信嗎？

她只好沉默！

夜深了，當她躺上牀時，同時看見他拿了枕頭走出廳睡。她的淚

水不禁洶湧而至！

　　一連四、五晚，大牛都睡在沙發上！

　　許娟曾嘗試，將他的枕頭自沙發搬回牀上，但是，他發覺時，又將枕頭拿回廳中！

　　她試過穿着性感的睡衣，身上灑了香水，微笑等他回來。但仍沒有用！

　　她連女性最後一點矜持也不要，做出各種媚態拉丈夫上牀，依然失效！

　　即是說，丈夫沒有原諒她！既然這樣，她還有甚麼面目天天對着他？

　　她想回到媽媽身邊。

　　「但是不行！若媽問起，怎麼回答？大牛是不對，他養着另一個女人，但我和張文的事，難道也全盤向她坦白嗎？」

　　她沒有這個勇氣！

　　她不敢回去見媽媽！

　　「去找張文，和他雙宿雙棲？……這絕不可能！他不會喜歡我，我也沒有愛過他呀！」

　　許娟坐在牀上，拼命地抽煙！

　　忽然，一個古怪的念頭一閃而過。

　　「自殺！」她淒然地自語。

　　「但是，我應該自殺嗎？我還是清白的呀！這懲罰也太重了！而且我死後，大牛更深信我對不起他了！」

　　她終於下了一個決定，在第二天的上午，搬入了酒店居住。

　　三天後，她在報章上看見大牛刊出找尋她的啟事。他出重金賞給

任何可以提供消息的人。

大牛並沒有完全忘記她！

許娟在想：當初他如果不做生意，就不會發達，或許不會見異思遷！

如果丈夫現在仍是一個普通司機，而她是女工，兩人一定會過着平凡而快樂的生活。人的野心和貪得無厭，多麼可怕啊！

她沒有回家，但在日間，丈夫不在時，卻偷偷回去看一下，整理一下家務。

第三天，許娟整理完家務，準備離去時，大牛剛回來：「是你，娟！」

她望丈夫一眼，急步落樓。

大牛追趕，在樓梯捉着她的手臂。

她別轉臉，不看他，想掙脫他。

大牛出力一拉，她便倒向他懷中。

「放開我！」她鼻子有點發酸。

「娟，你為甚麼要離開我？」

「我別無選擇！」她說。

「你走後，我很擔心！昨天，還險些給汽車撞倒！你看，我的膝蓋腫了！」

大牛拉起褲腳給她看。

許娟看見丈夫膝頭果然一片瘀黑，有點心軟。

「入去吧！」他拉着她的手。

她終於跟着大牛返回室內。

許娟坐在沙發上，一言不發。

「娟，你走的第一天，我很憤怒！我以為你和那司機私奔了！於是，我帶同兩個便衣，去他家中搜索，但他告訴我，根本沒有見過你。而我的心，也由憤怒轉為擔憂！」

「你始終不相信我！」

「我去過你媽處，去過我們所有的親戚朋友處，都找不到你，我只得刊登尋人啟事，但亦音訊全無。我開始恐慌，我怕你會做出傻事來！」

「我死，你便可以和王小玉名正言順來往了！」

「娟，告訴你，我已經決定離開她了，這種女人，她心目中只有錢。正如你說，她是狐狸精！她現在已不在工廠了。」

她默默無言地看了他一眼，內心有想哭的衝動！

「我真該死！古人說過：三十而立，四十而不惑。我年近不惑，竟會把持不住，也難怪你要報復的！娟，算了，過去的事我也不計較，但求你能回到我身邊？誰不會做錯事呢？」

她伏在丈夫懷中痛哭起來！

「如果你覺我要哭才舒服，你就盡情地哭吧！你的淚水，將會洗擦你從前的恥辱。我不是說過，我不會計較嗎？」

許娟抬頭看着大牛：「有一件事我要告訴你。」

「你說吧！」

「你要相信我，」她認真地說，「我自始至終，並未做過對不起你的事！」

「真的？」他嚴肅地看着她。

「真的！」她說。

「那就更好了！」他擁她入懷中。

她掙脫他問：「你相信嗎？」

「我相信。」

「真的相信？」

他看她片刻：「真的相信！」

她破涕為笑，倒進丈夫懷中。

大牛替她抹去眼淚，抱起她入房，放上牀，吻她。

他替她脫衣。

「不要！」她說。

「為甚麼？我已經想你很多晚了！」

「你要我回來，就為了做這種事嗎？」

「當然不是。但你是我太太呀！」

「今晚不要！」她故意說。

但大牛不由分說，因為他太興奮了！

兩人盡情地發洩，不再同牀異夢了。

第二天，兩人一同回廠，工人們有點好奇起來。因為老闆娘只穿牛仔褲T恤，連老闆也一樣，他不穿西裝！

「司機辭了職，暫時由我代勞。」他對一個工人說。

「你們真是夫唱婦隨，天生一對了！」一老工人說。

當大牛坐上司機位時，許娟笑說：「你多年未駕駛貨車，行嗎？」

「我們夫妻拍檔多年，為甚麼不行？」

外發時，主婦們問許娟：「他是誰？」

「他是我丈夫。」

「連司機也不請，怎夠你們撈呀！」主婦們哄笑起來。

老闆擁着太太說：「我們夫妻也是在患難中互相幫助，才有今天

的！」

　　許娟望着丈夫，甜蜜地笑了！

　　外發完，大牛將貨車駛上一個僻靜斜坡。

　　「你還記得這個地方？」她問。

　　「為甚麼不記得？多年以前，我們時常在外發完來這裏談心！」

　　她陷入了回憶的沉思中。

　　大牛抱着她擁吻起來！

　　她推開他：「你做甚麼？我們是十年的老夫妻了，而且光天化日！」

　　「我們以前不是這樣嗎？」

　　他再次擁吻她，另一隻手從下伸入她T恤，撫摸她胸前。

　　一個警察在敲玻璃窗，兩人迅速分開。

　　「他是你甚麼人？」警員問許娟。

　　「我丈夫。」她臉紅地答。

　　「這是公眾地方，你們怎可以有傷風化？還不快走！」

　　「是，阿SIR！」大牛開車，另一隻手還想伸入她衫內，卻被許娟打了一下。兩人都笑了！

二十年恩怨

　　何厚福下班回家，開了門，靜悄悄的，他擁有一層八百呎樓宇。卻只住着兩個人，當另一人還未回來，那種寂寞是非常可怕的。

　　看完晚報，厚福動手洗菜煮飯。本來一個人可以出街吃，但他是個節儉的人，二十年來都是自己煮給自己吃。每天只是一餐，他買的餸菜從未超過十元。

　　當他獨自坐着吃飯時，一種不安逐漸在體內萌芽：她為甚麼還未回來？

　　電話響了，他去接聽。

　　「你是何厚福先生嗎？」是個陌生女音。

　　「我就是。你是？……」

　　「我是你太太陳婉微的同事，她入了醫院啦！」

　　「入了醫院？……為甚麼？」

　　「上午她在工作中突然暈倒，我們送她入醫院。醫生懷疑她的病很嚴重，要見她的親人。何先生，你快去吧！」

　　「病很嚴重……要見親人！」

　　「何先生，你怎麼啦？」

　　「沒甚麼。你說下地址吧。」

　　對方將醫院地址及病房號碼說出後就收線了。厚福穿好衣服，趕往醫院。當他想入病房時，護士說她剛睡着，建議他先見醫生。

「你是陳婉微的甚麼人？」醫生問。

「我是她丈夫。」

「丈夫？怎麼她對我說沒有親人呢？」

「我們分了居。」

「噢，分居，還未離婚吧？」

厚福搖搖頭。

「她的病可能要動大手術，需要她的親人簽字同意。你……可以代表她簽字嗎？」

「她父母已不在，又沒兄弟姊妹。」

「那麼，你願意簽字嗎？」

「只要她同意，我願意簽。」

「那好極了。」醫生像解決一個難題。

「醫生，她究竟患甚麼病？」

「據我初步檢驗，我懷疑她患上癌病。」

「甚麼？……癌病？」

「是的，我懷疑她患了乳癌！」

「乳癌！？可以醫治嗎？」

「我要經過化驗結果，才可以告訴你。」

「甚麼時候才有結果？」

「明天就可以知道。」

「我想入去見她。」

「好吧，但你不要打擾她，更不可對她實說。」

「我知道。」

厚福進入病房，關上門。房內有一張病牀，牀上躺着一個婦人。

　　雖然她已四十歲，看上去卻像三十餘歲，是個美麗的成熟婦人，她面色紅潤，睡得很安詳，怎可能是患上絕症呢？

　　他坐在椅上，靜靜地看着她。她是他分居了二十年的太太，她二十年前是出名的校花……

　　二十年前，陳婉微十八、九歲，在一間著名的書院讀中五。她爸爸不務正業，但媽媽辛辛苦苦，竭盡所能供她讀書。他們一家三個人租了厚福一個房間，月租八十元。

　　十八、九歲是花樣年華，婉微身材高大窈窕，卻很豐滿，皮膚幼嫩，眼耳口鼻都合乎標準。尤其是她有一把柔軟濃黑的秀髮，不單是著名的校花，走在街上，也非常觸目。但婉微不苟言笑，冷若冰霜，使不少人無從入手。

　　自婉微一家搬來，厚福就暗戀着她。他讀完中學，還未找事做，但經濟卻寬裕。他有一層八百呎樓宇，父母在泰國做大生意，每月有錢寄給他。

　　厚德暗戀婉微，卻不敢開口。至於婉微，根本不知道。有一次，他大着膽將一張戲票給她。婉微接過一看，還給他。

　　「陳小姐。」厚福叫住她。

　　「做甚麼？」她回過頭，煽動秀髮，厚福更着迷了。

　　「那張戲票給你的。」

　　「給我？為甚麼？」

　　「我也有一張。」

　　「你的意思是？……」

　　「你肯賞面嗎？」

　　婉微婉拒了他。

又有一次，厚福買了一支香水，交給陳老太，托她送給婉微。婉微第二天立刻還給他。

「你為甚麼不要，這香水很貴的。」

「無功不受祿，我怎可以接受。」

「婉……陳小姐，是我誠意送給你的。」

「厚福哥，你不要浪費金錢了，我一向當你是哥哥看待。如果你以大哥的身份送給我，我或者會接受。但是，我還未生日呢，你收回吧。」

婉微的話使他有天旋地轉的感覺。沉默片刻，他只好收回香水，走了。

有一晚，厚福半夜被嘈吵聲驚醒，他知道不務正業的陳先生又想迫他太太拿錢了。但這一次，他們似乎吵得特別兇，還有摔破玻璃的聲音。他甚至聽見，婉微似乎在哭泣呢。厚福一躍而起，走近房門。

「你這個道友，你這個人渣，你不但吸毒，還去賭錢，你輸了三萬元，就拿你的命去還吧！」陳太太說。

「我知道你想我死，我不和你說。婉微，現在只有你一人可以救我了。只要你肯嫁給王大亨，他就可以代我還債。他自從看過你的照片，就很入迷，他又靜靜去學校偷看過你，好像患上相思呢，他年紀是大一點……」

「哼！他年紀比你還大，又有老婆兒女、你竟迫她嫁個半死的人，你有沒有良心！」

陳先生一掌摑在太太臉上。

婉微伏在桌上飲泣。

「我拼了老命，也不准你迫婉微嫁一個死人！」

「婉微你嫁他雖然沒有名份。但他答應過我，在遺囑上寫上你一份。將來他去見閻王，你分得一份家產，下半世可以無憂了。」

「爸爸，我死也不會嫁的。」

「她少一條頭髮，我也不放過你！」陳太說。

「但是婉微，我如在半月內沒有還錢，他們就不會放過我。」

厚福從半閉的門隙看入去。

「唯一辦法就是你自殺。不論你去跳海、跳樓，還是躺在馬路中央，總之，你馬上走。」

「你叫我去死？」

陳先生目光兇狠，歹毒地冷笑着。忽然，他拔出一把鋒利的童軍刀，刀尖對準他太太的胸膛，他的眼光充滿了恐懼、羞恥和無奈。他的眼角肌肉微抖着，嘴角微抖着，握刀的手也微抖着。

「你殺死我吧，你殺吧！」陳太欺身迫近刀尖。

「爸爸，你瘋了啦！」

「我嫁你二十幾年，從未有一天好日子過，你殺死我吧。」陳太又再迫近。

陳先生後退兩步，握刀的手抖動得更厲害，他側着臉，用眼角看太太，悲苦地說：「你不要迫我！」

剛才厚福看見伏在桌上的婉微，身體動人地起伏着。於是，他衝入房間。

一點輕微的聲響使得厚福終止了回憶。他抬頭一看，睡在牀上的婉微已醒。她看見他，頗感意外，但隨即不看他，而看着天花板。

厚福手足無措，不知道在原地坐着，還是走過去？如原地不動，算是來探病嗎？但是走過去，開不開口呢？二十年來，他和她說話還

不到一百句，説是夫妻，但又分了居。説是分居，卻又同住一層樓，且分居二十年還未離婚，同住一層樓，兩人又分居而住，各自煮食，像完全陌生的路人，關係連鄰居也不如。

他又看她一眼。現在，她索性閉上眼睛了。

厚福有點生氣，搓着手，決定不了走還是不走，他在想：雖然彼此交惡，但他進入她病房，就等如向她示好，她應該招呼一聲才對，就算不出聲，微笑一下總可以吧。「她對我的怨恨真的那樣深？」他右腳踏下地上，想馬上離去。「我懷疑你太太患了乳癌。」醫生的話像晴天霹靂，對他起了一陣衝激，過去的恨暫時煙消雲散。瞥一眼牀上的太太，厚福忽然可憐起她來。

他站起來，緩步走到她牀前。

她忽然張開眼，挑戰似地看着他。意思好像説：「你想怎樣，放馬過來吧，我不害怕。」厚福一陣反感，他強忍怒氣，在她牀邊坐下。婉微見他坐下，有點意外。她立刻側躺，背向着他。

他又想一走了之。最後，他嘆了一口氣。

她一動不動，毫無反應。

「聽説你暈倒，我就趕來。現在你好些嗎？」

「好，還未死。」她並沒有回過身來。

「醫生説你可能要施手術。」

「這不關你事。」

「我要簽名。」

她沒有回答。

「你以前試過暈倒嗎？」

「未。」

「要不要我替你告假？」

「不必。」

「明天我再來看你。」

「多謝你，何先生，我沒有那麼快死的。」

「你！」他衝動得想將真相説出來，但終於忍住。

「我走了。」他説。

婉微毫無反應，甚至回過身來也沒有。厚福想：如她真的患上乳癌，這個打擊就太大了。明天，是個重要的日子。

回到家中，躺在牀上，厚福無論如何也睡不着。「二十年了，她還是那麼固執。」他亮了燈，點上一支煙⋯⋯那次他衝入婉微房中，三個人都愕然。

「陳先生，有話慢慢説，你不能這樣呀。」厚福説。

「不關你的事。」陳先生冷冷地説。

「何先生，你快走，他已經毫無人性了！」陳太太説。

陳先生用刀比劃了一下：「你們答不答應？」

「我死也不嫁！」婉微哭着説。

「你不是人，你是禽獸！」陳太説。

陳先生坐下，將半支孖蒸酒一飲而盡。他重複站起，滿臉通紅，眼睛半閉，握刀迫近他太太。厚福看見他眼裏有兩點寒光，啊！那是一種突然泛起的殺機。

「陳先生你不可以⋯⋯」厚福想阻止，卻被他手一揮，手臂劃上一刀，血湧了出來。

陳先生見傷了房東，上前，有點驚慌，陳太趁勢撲上前，抓着丈夫握刀的手，在臂上狠咬下去。他痛極放手，刀跌在地上，最後，陳

先生衝出去，開大門走了。

　　婉微忙替厚福包紮傷口。

　　「多謝你，陳小姐。」厚福癡情地看着她。

　　婉微臉微紅，低頭說：「應該我說對不起才對。」

　　陳太太長嘆一聲。

　　「陳太，你有甚麼打算？你可以報警的。」

　　「他爛命一條，萬一拉不到他，後果更嚴重。」

　　「他不致一點親情也不念吧？」

　　「一個人毒癮發作，甚麼事不敢做？剛才不是看得一清二楚嗎？」

　　「那是說，你會屈服，將婉微嫁給一個老人？」

　　陳太和婉微抱頭痛哭。

　　「如果有三萬元給他，事情是否可以解決？」

　　「陳太母女停止哭泣，看着厚福。

　　「三萬元是個不少數目，可以買一層樓了！」

　　兩人又再抱頭痛哭起來。

　　「我的銀行存款，有二萬八千元。如果我寫信給爸爸，二千元十天內可以匯到。」

　　「何先生，那是不行的，我們非親非故。」陳太說。

　　婉微感動地看着他。

　　「不過，我有一個條件。」

　　「你說吧。」

　　「我要婉微嫁如我，立刻和我結婚，只要我們註了冊，三萬元我馬上交給你。」

陳太太愕然，一時不知如何是好？她看看婉微。

婉微瞪着驚問的眼，審視他好一會。突然，她大聲說：「你真卑鄙，你給我滾。」

「婉微我是真心愛你的。」

婉微憤力推他出房門，當走時，又聽見兩人的哭泣聲。

第二晚陳先生又迫婉微。他喝了很多酒，手執童軍刀，像野獸一樣，要親自帶女兒去見那個大亨。他一手拉了婉微，拖出房門，陳太阻止，三個人糾纏在一起。厚福看見陳太兩隻手臂上血漬斑斑，而婉微卻驚慌地哭泣着。

厚福撲上前搶奪陳先生的刀。他便放了太太女兒，一刀向厚福刺去，正中他的腹部，厚福慘叫一聲，倒在地上，陳先生見狀，棄刀逃走了。

婉微急打電話叫救傷車。厚福躺在婉微懷中，掙扎着說：「婉……微，我是……真心……愛……你的。」跟着，他不省人事。

厚福醒來時，發現自己躺在醫院。他努力張開眼，旁邊坐着一個美人，她就是婉微。

「你醒了嗎？」

他對她微笑，伸出手來，要握她的手。婉微讓他握着手。

「你爸爸……」

「媽打電話報警，說他傷人，警察拉了他，送入戒毒所。」

「那麼，他不能再迫你了。」厚福說完，有點失望。

婉微定定地看着他。

他似乎有點傷感，轉移了視線。

婉微將另一隻手放在他手上：「你真的很愛我？」

他微微點頭，卻抽回自己的手。

「我答應嫁給你。」

「你說甚麼？你……再說一遍。」

「我和你結婚。」

「真的，你想清楚了嗎？」

「我想得很清楚。下個月我畢業，就去註 。」

厚福高興得坐起來，忘記痛楚。「你媽媽的意思呢？」

「她勸我考慮，但我已決定了。」

　　一個月後，陳婉微真的嫁給何厚福。厚福大排筵席，十分高興，散席後，兩人回到家中。當厚福穿上睡衣時，卻看見太太仍在呆坐。而且，她神色陰沉，心事重重，「你怎麼啦？」她盯了丈夫一眼，憤然走出客廳。

厚福跟出客觀：「太太誰得罪你啦？」

「我生自己氣不可以嗎！？你自己去睡吧。」

「你後悔啦？我沒有迫你嫁給我呀。」

「我沒有說後悔。」

「我看得出來，你嫌我醜，嫌我矮小。不錯，你身高五呎六，是出名的校花，而我，只有五呎二吋，扁鼻、窄額，其貌不揚，我早知會有今日。你答應嫁我，不過是一時衝動，現在你真的後悔了。」

「我從來不後悔。」

「那麼你說，你這樣對我是甚麼意思？」

「你知道今晚在酒席上，他們的話有多難聽嗎？甚麼一朵鮮花插在牛屎上，甚麼現代潘金蓮嫁新潮武大郎，有些更說，我是貪圖你父母有錢，才嫁給你。」

「別人的話，你可以當耳邊風，不錯，武大郎是矮，但拿破崙呢？他不是三寸釘嗎？」

她沉默不言。

他用上好茶葉泡了一杯茶，遞給她說：「太太喝茶吧，喝啦。」

她接過喝完，看了他一眼。

「太太，睡吧。」

但她仍不入房。

厚福突手按腹部，叫了起來。

「你怎麼啦？」

「被你爸刺了一刀，舊患時常發作。」

「好了，拿破崙，快去睡覺吧。」

厚福興奮得將她抱起，跑入房中，放在牀上。

「你瘋啦！」

「今晚，我要好好收拾你。」

「你可以嗎？」她輕視地看她一眼。

厚福被激起性子，強行替她脫衣。婉微推開他，自己脫去外衣，白他一眼說：「不懂溫柔，還不快去熄燈。」

第二天起來，厚福對她說：「我二十幾歲人，連女人也未摸過，所以毫無經驗，你不會怪我吧？」

「我還以為你連洞房也不會呢！」

「我不會？昨晚我不是成功了嗎？」

婉微白了他一眼。

半個月後的一天，婉微和丈夫外出，因為一件意外的事，使她十分生氣，對厚福很不滿，因為這件事，她走去和媽媽睡，拒絕和丈夫

同房，厚福後來知道她所以生氣，完全因為「他沒有膽色。」

想到這裏，厚福已沉沉睡去。

第二天，他請了假，到醫院見着醫生，他渴望知道結果。

「何先生，有一個不幸消息要告訴你，你太太證實患上乳癌。」

「乳癌！？真的？」

醫生點點頭。

「那麼可以電療嗎？」

「沒有用。」

「是不是要動手術割去乳房？」

「太遲了，因為癌細胞已經擴散到其他地方，動手術作用不大，反而會使病情惡化。」

「那她？……」

「照我估計，她只有三個月性命，甚至更短。」

「醫生，有其他辦法嗎？」

醫生抱歉地搖搖頭，走了。

厚福十分震驚，他掏出香煙，顫抖着手點着，吸上一口，看見不准吸煙的告示，復將煙拋在地上踩熄，他沒有入病房，而行出門口，坐在草地石凳上。他在草地上吸完五支煙，才垂頭喪氣行入病房。

婉微站在窗邊，看遠處景色。她知道丈夫入來，但沒有回過頭來。

「婉微。」厚福挽着她的手，不住地顫抖。

她感到十分驚訝，但仍沒有說話。

「我給你轉過一間私家醫院，這裏的醫生不好。」

「醫生說我甚麼病？」她眼神很銳利。

「他胡說八道，我不相信，我不相信。」

「他究竟説甚麼？」

「沒甚麼。」他搖手，「醫生説你有慢性病，要長期住院。」

「甚麼慢性病？」

「可能是肺病。」他的聲音低到聽不見。

「我的胸部有時很痛。」她説。

他想：乳癌在乳房一定有硬塊。他不相信醫生，要自己摸一下，便一手攬住她的肩，另一手伸入她衣內。

「你做甚麼？」她推開他。

「求求你，給我摸一下。」

「我們已分居二十年，你再無禮，我會叫的。」

他不理，擁着她，伸手摸着她的乳房，大力握了幾下，好像有硬塊，又像沒有。「痛嗎？」他問。

她白了丈夫一眼，推開他，坐在牀上：「那麼大力當然痛啦！」

厚福記得在報上看過，癌症腫塊是不痛的。現在她覺得痛，就不是生癌症啦。他興奮起來，想伸手握他另一邊乳房，但被太太堅決拒絕。「太太，我求求你。」他説。

婉微好像不認識他一樣，良久，她説：「你今天為甚麼這樣低聲下氣？二十年來你從未對我説過一個『求』字，現在你當我是甚麼人？你如獸性來臨，可以去找鳳姐發洩。」

厚福不理，強硬探手入太太衣內又摸又抓，又用手指按她胸口，似乎有硬塊，又似乎沒有。

「你再侮辱我，我就不客氣了！」

他頹然坐在牀上，陷入了沉思。對於婉微的反應，他一點也沒有察覺。片刻，他突然間：「你早上擦牙，試過流牙血，且流血不止嗎？」

「試過。我聽說是缺乏某種維他命引起的。」

他驚慌地問：「你習慣每天早上大便？」

她知道生氣沒有用，只好點點頭。

「最近，你有便秘嗎？」

她又點點頭。

「大便習慣有改變嗎？例如晚上才大便。」

「你問這些幹甚麼？」

「最近你是否經常頭暈，但為時極短？」

她不再回答。而他的臉卻愈來愈蒼白。

「我究竟患了甚麼病？」她提高聲音問。

「沒有……並不嚴重。」他別轉臉。

婉微陷入沉思。突然，她驚恐地問：「我患了癌症？是乳癌？是不是？你說！」

「不是，不是！」他慌張地拼命搖手。

「原來我真的患上絕症。」她自語着，怪不得你連續兩天來看我，從前我生病，不管呻吟聲有多大，你也不肯踏入我房門半步，是的，我們已分居二十年，相見如陌路，不復有對方的存在。你這兩天的表現使我感到驚異，以為你終於肯低頭向我認錯。原來不是。」

「太太我真的是來向你認錯的。」

「你行開，不要接近我！」

「太太，你怎麼啦？」

「你是可憐我患上絕症，才來探我，其實你的心在幸災樂禍，在慶幸我的痛苦，你在等我向你低頭，在你面前下跪，求你原諒。你走，立刻離開！」

「太太，我不是！」他激動地扶着她兩肩。

婉微卻像瘋了一樣，大力推他出房門，又大力關門。

厚福喪頭垂氣離開醫院，他知道婉微是個固執倔強的人。要不然，夫妻怎會交惡長達二十年？那次就因為一件小事，她就不想與他同房而睡了。……

他和太太去看電影，散場時，太太挽着他的手臂，行經一條僻靜的街道，遇見一個與他一般矮小，比他更瘦削的流氓攔着去路。

「小姐，你和這個矮冬瓜去街，太不相稱了。」

「喂，兄弟，她是我太太，你想怎樣？」

「她是你太太？」流氓驚異地問，隨即大笑起來。

「你這個坑渠飛，還不讓路！」厚福生氣。

「你說我是坑渠飛。好，除非你打贏我，否則休想離開！」流氓擺開了架式。

「我們走。」婉微説。

「小姐，你們想走？除非你肯給我吻一下。或者，叫你丈夫叫我三聲『契哥』，留下一百元，才可以通過。」

婉微求助地看着丈夫。

「君子動口不動手，你不怕警察嗎？」厚福説。

「我爛命一條，怕甚麼？」

「他是個道友，還瘦過你，你怕甚麼？」太太説。

「是好漢就和我決戰。」

厚福想走近，雙腳卻禁不住顫抖，當他踏出兩步時，流氓立刻大喝一聲，像隻凶猛的獅子，厚福倒退了三步。

「瀨仔，叫契哥吧。」流氓得意地説。

「契哥，契……」婉微大聲喝止他：「你真沒出息，他又沒有刀，怕甚麼？」

「來吧，為美人決鬥，做鬼也風流。」流氓怪笑着說。

不知道為甚麼，自從被婉微爸爸刺了一刀，厚福的膽子愈來愈小，現在這流氓，拼死無大礙，厚福一見到就腳軟，他想取出銀包，流氓卻以為他想取刀，就先下手為強，一拳將他打倒在地。「契哥！契哥！」他在流氓進攻中大聲求饒。

「救命呀！打劫呀！」婉微大聲呼救。

一個賣菜婦人經過，大聲喝止。流氓想打她，婦人揮動長手鉤，毫不留情地把鉤鉤向流氓肩膊，流氓中了一鉤，大驚逃走了。

晚上睡覺時，厚福不見了太太，就到岳母房中。果然見她，「太太，睡覺了。」

「你去睡吧，我在媽這裏睡。」

厚福想說話，卻見太太滿臉鄙夷，他憤然返回房中。

第二晚，婉微仍在她媽房中睡。

厚福想去叫她回來，但她那充滿輕視的神色，使他猶豫、自卑、憤怒，甚至在日間，婉微也不和他說話。

第二天，他看見太太穿着睡衣出來。她樣子迷人，身材迷人，行路的姿態更迷人，結婚後，她更成熟，更美了，「婉微。」他說。

婉微只看他一眼，臉上依然冷冰冰的。

厚福討了沒趣，只好去上班。

黃昏回來，婉微仍不理睬他。

晚飯時，婉微一言不發，低頭吃飯。

「替阿微夾餸吧。」她媽說。

厚福夾了一塊牛肉放在太太碗上。

她雖有吃那塊牛肉，但卻沒有抬頭看他，臉上冷冰冰。

「替厚福添飯吧。」她媽對女兒說。

厚福微笑將碗給她。她卻不接，只顧吃飯。

「我替你添吧。」岳母替他解圍。

睡覺時，他躺在牀上，翻來覆去睡不着。他在想：以自己平凡的相貌，能娶到一個一流的太太，真是一種幸運。那麼，又怎能怪她不滿，怪她恃靚行兇呢？但是，她不理睬他，有甚麼辦法？她的身體多麼動人，她的皮膚白中帶紅，吹彈得破，她的秀髮濃黑，柔軟，那一股髮香……他想了很多很多，一點睡意也沒有。

厚福行出廳，看見太太坐在廳中看小說。「唔，她一定不好意思返房睡覺了。」這樣想着，厚福興奮起來，大膽行近她，一手按她肩膊，溫柔地說：「太太，夜深了，回房睡覺吧。」

婉微甩開他的手，放下小說，向她媽房中行去。

厚福以為她去取回枕頭。但是，她關上了房門。

第二天黃昏，岳母教厚福將婉微的枕頭睡衣拿回自己房中：「女婿呀，我女兒脾氣大，你就順着她吧。女人始終是心腸軟些的。」

厚福照做，將太太的枕頭睡衣靜靜拿回房中。

到婉微洗澡時，找不着睡衣。厚福自房中取出，微笑交給她。

睡覺時，他坐在廳中，等她回房。

婉微行入房中，他高興地尾隨入內。但是，她拿了自己的枕頭，又出房了。

「太太。」他叫了一聲。

她略為停步，然後，直出房門。

一連幾天，厚福無計可施，他又向岳母求救。

「你們究竟因甚麼事弄成這樣？」她問。

厚福支吾以對，不敢說出經過。

「這樣吧，今晚等她睡着，我通知你。你入去關門睡覺，我入你房中睡，總不成她會趕你出來？」

厚福大喜說：「太好了。」

到了晚上十一時，婉微媽行出客廳告訴厚福：「她睡着了，我熄了燈，你入去吧。」

他興奮地行入去，靜悄悄關上房門，鎖緊。然後，厚福上牀，鑽進被中。

他接觸到太太溫柔的身體，嗅到了她的髮香和體香，最初他不敢驚動她，但終於忍不住，轉過身來，用身體去接觸她。

婉微好像熟睡了。厚福在狂喜之中，開始用手去撫摸她。當他摸着敏感地方時，婉微突然醒來，吃驚地問：「你是誰？」

他急忙用手按着她的口，她卻更掙扎起來。

「太太，是我。」

她停止了掙扎：「你怎會進來的？」

「是你媽叫的。」

「她呢？」

「睡在我們房中。」

她沉默不言。厚福試探地握着她的手，被她甩開了。他不死心，這次握得很緊，她甩不掉，只好由他。

「婉微，你還不肯原諒我嗎？」

她沒有說話。

「上次的事，我不是沒有膽。」

她發出一聲冷笑。

「你知道嗎？和那種人決鬥，是毫無價值的，贏了，他會來尋仇，輸了自己吃虧。」

她又發出一聲冷笑。

「我當時其實是為了你的安全着想。」

「他只有一個人，又無武器，比你還瘦弱，如我是男人，早就打得他求饒，真想不到你那麼膽小。」

「如我膽小，當初我怎敢搶奪你爸的刀子？你說，我真的膽小嗎？」

她沒有說話。

「我為了你，被你爸刺了一刀，險些沒命，你現在卻說我沒有膽，其實我不和那流氓決鬥，是有原因的。」

「甚麼原因？」

「我傷口的舊患突然發作，十分疼痛，如我被打倒，你就有危險了。」

「我不相信。」

「你知道你爸那一刀，刺得有多深嗎？我的傷口經常痛，不過沒有告訴你。」

「真的？」她轉過身來，面向着他。

厚福擁抱着她說：「我可以發誓。」

「現在還痛不痛？」

「不痛，如果痛，相信連擁抱你的力也沒有了。」

她沒再說話。

一個月後，婉微媽病逝。在辦理完喪事後，他倆又為了一些事爭吵起來。這一次，兩人整整一個月沒有理睬。

……厚福嘆息一聲，自語說：「交惡了二十年，想不到她會患上乳癌，這究竟是上天對她的懲罪？還是對我的懲罪？無論如何，這種懲罪對她是絕不公平的。」

想起她剛才發瘋似地趕走他，厚福一點怨恨也沒有，反而更感難過。

第二天，他煲了一些湯，下午去醫院探婉微。他在門外遇見醫生。

「何先生，你是否將病情告訴了太太？」

「我沒有。但她已知道了。」

「你應該保守秘密的呀。」醫生嚴肅地說。

「她很聰明，我瞞不了她。」

「算了，你好好對她，盡量滿足她吧。」

厚福無言地點點頭。他行入病房，太太躺在牀上，眼看天花板。當他在婉微旁邊坐下時，驚異地看到，她的神色憔悴了很多很多，她臉色青白，兩眼像深陷了，她頭髮散亂，臉孔瘦削，人們說一夜白頭，她卻在一夜之間，蒼老了十年，他後悔昨天自己不能自制的舉動，引起了她的疑心。如果現在欺騙她說：「醫生診斷錯誤，你沒有事，只是貧血。」她會相信嗎？她比他聰明幾倍，怎可以騙到她？

「你來了。」她聲音也微弱起來。

「我來告訴你一個好消息，原來你沒有患癌病，是醫生弄錯了，那乳癌是第二個女人的。」

她露出一個感激精明的微笑，洞悉了他的謊言。

「為甚麼你還來看我？」

「為甚麼不？你是我太太呀。」他有點哽咽。

「昨天我⋯⋯趕你，你不怪我吧？」

「你的心情我明白。我煲了一些湯給你。」

「我不飲。」她説。

「為甚麼？」

婉微坐起來，搖撼着厚福問：「醫生説我還有多少日子？」

「他説有二、三年。而且，只要動手術，就會好的。」

「會好嗎？」

「會好的，一定好。」

她悲苦地搖頭：「有半年命已算好了。」

厚福將湯倒在碗內。

「我不飲。」

「飲吧。」他真誠地看着她。

「我自己來。」她接過碗，勇敢地飲下去，表現得很堅強。

「明天我再來看你。」

「你不用天天來，你要上班。」

「我已辭職。」

她感動地瞥他一眼。

　　厚福出了房門，忘記取盛湯的器具，為了不驚動她入睡，就靜靜開門。突然，他聽見了太太的飲泣聲，他受到感染，鼻子發酸，忙掩上房門離開。

　　第二天厚福又煲湯去探婉微。他對太太説：「我給你帶來了一些小説和娛樂週刊，可以消磨時間。」

　　「還可以暫時忘記痛苦。」

他將湯倒在碗內，放上一隻匙羹。

她伸手去接。

「我餵你吧。」厚福堅持說。

「你變了很多。」她說。

「人生幾十年光景，我已看透了。過去如不是我脾氣硬，我們就不用分居二十年。」

「你竟怪責自己，其實是我不對。」

厚福盛了一湯羹，吹去熱氣，伸進婉微口中。

婉微兩滴眼淚滴在湯碗內。

厚福帶着驚異和感動，重新凝視平時見面如陌路，分房住了二十年的太太，她還是那麼美麗動人，但是，她的眼睛，流露出從未有過的真誠，這就是愛情的光呀。他記得結婚以來，婉微從未真心這樣對待過他，這究竟是人生的不幸，還是人生的諷刺？

「太太，你……不要哭，你會好的。」他哽咽着。

於是她笑了，在淚痕未乾的臉上。

她每喝一口，兩人都四目交投，充滿了幸福。

喝完，厚福用紙巾替她抹嘴。當他替她抹眼淚時，他激動地說：「我要給你轉私家醫院，你一定會好。」

返回家中時，厚福感到八百呎樓宇有八千呎那樣空洞。他孤零零一個人，走遍每個角落，想起了很多往事。

在每一個角落，彷彿都有婉微站在那兒，有穿睡衣的，有穿便服的，有穿衣裙及各式服裝的。他又彷彿聽見她的笑聲、哭聲，看見她生氣，或一言不發。

他們分居，一個住頭房，一個住尾房，誰也不肯先低頭。可是，

每一晚，他都要聽見那熟悉的腳步聲自廁內行出，走向房間，才安然入睡，那就是婉微的腳步。

這二十年中，為甚麼他不肯向她認錯呢？向自己的太太認低威，又沒有外人知道，有甚麼可恥呢？

或者，他不想低頭，可以闖進她房中，強行求歡。他是男人，一定是勝利者，難道她會告他強姦嗎？

如果太太對他沒有感情，為何分居二十年仍不離婚？就算她不嫁人，也可搬出去，自食其力。

她就是等他低頭，甚至等他硬來，夫妻就可以和好如初。但是，二十年，七千二百多天，他竟然沒有。

現在，她患上絕症，只有兩個月甚至更短的日子，兩人才言歸於好。

「為甚麼會這樣？」他記得那次交惡，是辦理完岳母喪事，她要出來工作。……

「我反對」他說。

「為甚麼？」

「我養得起你有餘。」

「要不是靠你父母，你可以養得起我嗎？」

「婉微，你覺得悶，我是知道的。但你每天除了做家務之外，也可以替我管理一下熱帶魚，淋一下花。甚至，可以養狗養貓，一天也就過去了。」

「你想將我當雀一樣，困在家中嗎？」

「我對平凡的生活感到滿足，但你，你想做女強人嗎？」

「我已經決定了。」

「你決定了才告訴我？」

「我也是一個人，和你平等。」

「我堅決反對！」他甚至發怒了。

「你反對也無效。」

「你……」

「我知道你為甚麼生氣，你是怕我出去工作後，會變心，是嗎？」

「我沒有說過，但是，社會複雜呀。」

「現在我向你發誓：我如變心，就不得好死。」說完，她衝出街，大力關房門。

　　婉微不顧丈夫反對，去做女文員。她為了證明可以兼顧家庭，及緩和一下他的不滿，下班回來，立刻買菜煮飯，且做得更可口，更出色。

　　厚福忍着一肚子氣，幾晚不發一言，和她背對背睡覺。漸漸，他敏感地察覺到，她自出外工作，時常面露笑容，有時邊洗澡邊哼歌。她也講究起打扮了，衣服的款式多了，還化了妝。

　　一天黃昏，厚福下班回來，鄰居張太過來借生油，厚福拿給她。

「你太太呢？」她問。

「還未放工。」

「是了，你太太出外工作。」她端祥一下厚福，神秘地說：「何先生，你太太生得那樣標青，為甚麼放她出去工作？」

「有甚麼不妥？」

「昨天我買餸時，看見她打扮得鬼火咁靚，和一個花靚仔一起行呢。」

　　厚福臉色立變，跌在悲哀中。

「或者，我看錯了人。何先生，我走了。」

婦人臨走前，露了一個神秘而幸災樂禍的笑容。

厚福想，平時她六時已回到家中，最遲也不超過六點十五分，現在六點半了，她為甚麼還？……

有開門聲，婉微回來。厚福抬頭，她笑了一下，算是招呼。然後，她高高興興挽着餸菜入廚房。她又哼起歌來了，甚麼「月兒像檸檬」呀，甚麼「哥呀妹呀」，厚福衝入廚房，生氣地說：「你不要唱那些肉麻歌曲好不好？」

她抬頭不解地看着他。

「你已經嫁了人，還唱哥呀妹呀，多難聽。」

「嫁了人就不可以唱這些嗎？」

「我問你，今晚為甚麼這樣遲回來？」

「我搭巴士，遇上塞車。」

「多漂亮的藉口，我已知你做的好事了。」

「我做了甚麼事？」

「你昨天和一個花靚仔在一起，是嗎？」

「那是公司同事。」

「自然是同事啦，你們還天生一對呢。」

「你懷疑我？……你有證據嗎？」

「到我找到證據，已經太遲了。」

「好，任你想到夠吧。」

晚上睡覺，厚福妒恨交集，卻愈想親近她。可是，婉微卻發出了冷笑聲。

兩人同牀異夢已近一個月。厚福幾次想主動與她和好，但回心一

想：「我有錯嗎？」有時半夜醒來，看見太太那動人的睡姿，真想撲倒在她身上，然後她作一番假意的掙扎，再白他一眼，跟着是笑，不就和好如初嗎？

但是，他點上一口煙，想起了平時她對自己的輕視，她那高不可攀的眼神，一種強烈的自卑感像烈火般燃燒，於是他大力按熄香煙，熄燈睡覺。

他跌落在痛苦的深淵中，認為婉微已變了心。她遲早和他離婚，嫁給那個「花靚仔」。他開始喝酒。

婉微回來，見他滿臉通紅，知道他喝了酒，就扶他上牀睡覺。

厚福半夜醒來，開了燈，覺得頭很重，有一個念頭在他心中發了芽。他哭了起來。

婉微醒了，坐起來，奇怪地看着他。

「我已經決定了，婉微，我實在配不起你，我……」

「你想說甚麼？」

「我決定放棄你，你可以去找理想的歸宿。」

「你以為我真的搭上第二個人？」

「這是遲早問題，我不怪你。」

婉微一掌摑在他臉上。

厚福撫摸臉頰，憤怒地看着她。

婉微伏在牀上痛哭。

「我說錯了話嗎？你會真心愛我嗎？」他自語着，嘗試用手去撫摸她，安慰她。

「你侮辱我。」她哭着說。

「難道你和那個花靚仔沒有？……」

「你以為我是個隨便的人，見到英俊的男人就喜歡嗎？」

「但是，張太見過你……」

「我沒有權利阻止別人追求我。」

他很高興，擁抱着太太。婉微倒在厚福懷中。

「我這樣的人，你真的會愛我？」

「你不相信我？」

「你沒有後悔過嫁給我嗎？你當初的決定只是一時的衝動，因為我替你受了一刀，這是報恩，不是愛。」

「我曾發過誓，不會變心。」

兩人終於和好如初。可是不久，冷戰又再開始。這次冷戰，原不過是兩人在說閒話。這些閒話，卻使厚福受到重大的挫傷，這是一種莫大的侮辱。厚福這老實人，有着一種強烈的自尊，兩人結果冷戰了二十年。

「冷戰了二十年。」他自言自語，被香煙灼痛了手指。如今，這枕邊人，這敵人快要從世上消失了，他將成為勝利者，這不是可喜的事嗎？「決不！」他淒慘地笑出了眼淚！有一個故事，說一個人幾十年來，處心積慮消滅他的仇人。他忍受着各種痛苦。最後仇人被消滅了，他卻失望得很，因為敵人已死，生存還有甚麼意義？他終於自殺了。

而他，何厚福，和太太冷戰了二十年，終於和解了，而她卻得了絕症，當她死去時，他會無法忍受難堪的寂寞，而追隨她於地下嗎？或者，他會自殺，以免看到她死時的慘狀嗎？

他覺得欠她實在太多了。她是個美人，高大，聰明能幹。而他，相貌像武大郎一樣，身材像武大郎一樣，連性格也像武大郎一樣，

這樣的人有女人肯嫁已屬萬幸。而他，竟幸運地娶到一個相貌像潘金蓮般的美女，而性格是古代烈女的太太。就因為他的自卑，因為他一點自尊心在作怪，他不肯看她臉色做人，不肯委曲求她，因而誤了她二十年青春，這二十年，是一個女性最光輝的日子，是黃金的日子啊。

他要補償過失。他將婉微接去一個私家醫院，求醫生盡力幫忙，即使能延長她半年的生命，他也感滿足。

檢查及化驗結果，和公立醫院一樣。

「如去外國醫治，會有希望嗎？」

醫生陰沉地搖搖頭。

厚福緩步行入病房。婉微坐起來，焦急地問：「如何？」

「醫生說，你會有希望。」他笑起來，卻比哭更難看。

「我要你說實話。」她大聲說。

「他說你還有兩、三年命。」

「是兩三個月嗎？」

「不，不，是兩、三年。」

「你說謊！」她很憤怒，大聲指責他。

「婉微，你冷靜點。」他慌張了。

「你如不老實告訴我，我還有多少日子，我馬上從窗口跳下去。」她跳下牀，走近窗口。

厚福死命攔腰抱着她：「你不要跳，我告訴你。」

她冷靜地，一步步行回牀邊，坐下，看着他。

厚福將實情告訴她。

「兩三個月，隨時會發作。」她自語着，聲音低到幾乎聽不見。她呆呆地坐着，足有幾分鐘。突然，她伏在牀上痛哭起來，厚福想安

慰她，但一句也説不出。這時，婉微止住了哭泣，用無限憤怒和憎恨的眼神看着他。

「婉微，你！？……」他後退兩步。

「現在你勝利了，快些笑吧，去慶祝吧。」

「你説甚麼？……」

「你不要再表演下去了。」

「我表演？……你怎麼啦？」

「你那麼好心，天天來探我，甚至給我轉私家醫院，就因為你知道一個事實：我患上絕症，將不久於人世。」

「二十年來，你無法令我低頭，無法戰勝我。現在，你的機會來臨了，我很快會死，在你面前倒下去，你是最後的勝利者。但你還不甘心，你天天來看我、殷勤侍候我，就是要説明一個事實：你不記舊怨，你多麼偉大，於是我會感動，受到良心上的譴責，在你面前痛哭流涕，求你原諒。這就是你的陰謀。」

「婉微，這是你説的話嗎？」他激動地扶着她兩肩，搖撼着，「你真相信我是這樣惡毒的人嗎？你我相處二十多年，我十分了解你，正如你了解我一樣。我絕不相信，這是你的真心説話？」

婉微撥開厚福兩手：「這就是我的真心説話，你的確是這樣的人。」

「那麼説，我是個陰謀家了。」他淒苦地微笑，「多謝你的誇獎。」

「你走，明天不許來，以後不許來，永遠不要來。」她用手勢下逐客令。

厚福無言地行出房，掩上門。他知道婉微已陷入歇斯底里的精神狀態，為了恐防她幹傻事，他站在門外細聽房中動靜。房內果然傳來

了婉微的哭泣聲。

　　他果斷地開門，站在她面前：「婉微。」

　　她抬起頭，定定看着他，約十秒鐘，她撲倒在他懷中，痛哭起來。

　　「我知道剛才的話是你有意說的，但為了甚麼呢？」

　　「厚福哥，我對不起你。」

　　「應該是我錯，二十年來我不肯低頭，誤了你的青春。」

　　「我自恃樣貌好，比你聰明，看不起你，我知道我大大地傷害了你。」

　　「你嫁給我，說實在太委屈了你，如果是我，我也會這樣做，但你為甚麼要說那番話呢。」

　　「你愈對我好，我愈覺羞愧，我用說話傷害你，是不想你分擔我的痛苦，而且……」

　　「而且甚麼？……」

　　「我內心有一種恐懼。」

　　「恐懼？」

　　「你對我好，可是我快要死了，我實在不甘心，我死了，你一定很傷心，如果你仍然恨我，我對這世界就不會太留戀，可以安心等待死亡。我死之後，你也不會傷心。所以你不應該對我好。」

　　兩人抱頭痛哭。

　　「婉微，我覺得現在我是世界上最幸福的人。」

　　「現在？以前呢？例如二十年前，我們未冷戰前。」

　　「那時我雖然得到你，但你沒有真心愛過我，現在，我真正得到你的心，你幸福嗎？」

　　她點點頭。

但第二天，婉微又攻擊厚福。她聲色俱厲說：「你誤了我的青春，但二十年來你從不肯低頭向我認錯，那時我每次和你去街，晚上就要發惡夢，路人的嘲笑，鄰居『一朵鮮花插在牛屎上』的聲音，不時在我耳朵響起，使我大驚而醒，你知道嗎？」

「我知道。」他沉默地答。

「你不但矮小，貌醜，而且怕事，一點丈夫氣概也沒有。就算人們侮辱你，恥笑你，你也不發怒，不介意。其實你是怕，怕別人打你，用計害你，你寧願忍受胯下之辱，我愈看愈不滿意。」

「事實是這樣。」

「我所以不和你離婚，是因為發過誓，因為你代我受了一刀。」

厚福沉默無言。

「你承受父母百萬遺產，卻胸無大志，不思進取，甘做一個小文員，你每天回來，只會餵雀、餵熱帶魚、淋花，而不是努力進修，只要生活過得安然，你已感滿足。」

她一口氣說了很多話，由於激動，滿臉通紅，伴隨一些咳嗽。

厚福驚訝地看着她，內心卻感到無比痛快，因為她說的話一點也不錯。

「你！」她用手指直止厚福鼻子，「只要一個男人，道友也好，只要他掄起拳頭，裝出威嚇或憤怒，你雖不跪地求饒，但也會立刻逃跑。你！……就是這樣沒出息。」

婉微暴怒着，樣子十分可怕。

「你承認嗎？你承認嗎？」她步步進迫。

他羞愧地點點頭。

「好！」她淒然地笑着，「你這個屌頭，我命令你立刻離開。」

厚福想走時，婉微突然暈倒。

經過醫生急救，婉微醒過來。由於疲乏，她睡着了。

厚福坐在牀前，凝視着她。剛才她的一番説話，使他無限感慨，內心也激動起來。他想起彼此冷戰二十年的因由……

父親及弟弟從泰國回來探他，厚福夫婦熱情接待。如果説他是現代的武大郎，他弟弟就是武松，他不但一表人材，大學畢業，在政府機關擔任要職，而且口才一流。鄰居在背後批評，他弟弟與婉微才匹配，他們似乎替她惋惜，怎麼她會嫁給厚福這樣的人呢？

起初厚福夫婦常陪弟弟四處遊玩。兩次之後，厚福不去了，三人出街，婉微常有意無意行近弟弟，厚福變成了閒人，他甚至認為自己成為一隻跟尾狗了。而婉微在神色之間，似對他極為討厭，厚福於是不去。他是相信弟弟的，難道他會橫刀奪愛嗎？在父親面前，他敢嗎？

每天，婉微陪弟弟去街，兩人出雙入對，儼然真正的夫婦。但據厚福觀察，弟弟是個正經人。他知道婉微的委屈，還勸厚福要盡量遷就她。

到兩人返回泰國時，父親給厚福留下了百萬家財，説他年老，不會再來香港了。

一晚，婉微入房，看見厚福在打算盤，厚福説：「太太，我現在有一百萬，可以吃過世了。」

「你打算怎樣用那些錢？」

「用？我不會用它。我將錢存入銀行，一年的利息，就有近十萬元，你想一下，現在我的工資，還不足五百元一月，十萬元當然用不完。我只拿一萬出來，已經足夠。而你也不必工作了。我這一百萬，不用十年，就像滾雪球一樣，變成二百萬元了。」

「將錢存入銀行？你不想攪生意做嗎？」

「做生意是會蝕本的，是要冒風險的。而且，我根本不是那種材料。」

「你可以慢慢學啊。」

厚福起勁地搖頭：「有一百萬敲跛自己一隻腳也可以嘆過世了，我何必自討苦吃，去做生意。」

「人活在世上，就只為了吃喝享受嗎？還有更有意義的事情呀。」

「甚麼更有意義的事情？」

「例如做生意，一方面使社會繁榮，一方面發揮自己的才幹，自己能創造財富，才是最快樂。」

「萬一蝕本呢？」厚福問。

「只要熟習了，就不會蝕本。」

「熟習了？」

「譬如我們想開製衣廠，我可以入製衣廠學車衣，你可以在裁牀部學拉布。到一年半載，我是熟手車衣女工，你已是裁牀師傅了，到時，我們對製衣業的生產過程也熟悉了。然後，我們租一層一千呎的樓，先開一間小型的廠，向大廠接訂單。再過兩三年，就可以從小到大，開大廠了。這樣，又怎會蝕本？」

「我現在有百萬財產，你叫我去做學徒，給人呼喝？」

「厚福，大丈夫能屈能伸呀。」

「你說說當然容易。將來如工人罷工，大廠沒有貨，天災人禍，火警水災，一百萬是很容易玩完的。」

「工人罷工，根本難不倒我們，我懂車衣，你會裁牀，我們可以請些生手來自己教，不收學費，而且，到處人浮於事，你完全不用擔

心。好。就作最壞打算，蝕本了，極其量不過幾萬元……」

「……但我們就得到一個教訓，以後避免再犯同樣的錯誤了。我敢擔保有我在你身邊，一定不會蝕本。」

「夜了，睡覺吧。」

「那麼，你同不同意？」

「讓我考慮一下。」

幾天後的一晚，婉微入房，又見丈夫在打算盤。

「你考慮清楚了嗎？」她問。

「考慮甚麼？」

「開製衣廠的事。」

「我根本沒有想過。」

「那你為甚麼又打算盤？」

「我在計算，怎樣才可以得到更多的利息。」

「你想多賺錢，可以買股票，炒金。」

「那太冒險了。」

「製衣廠的事呢？」

「我不想做生意。」

「不如這樣吧。」她坐在丈夫身邊。

「如何？」

「你一向不想我出外工作。」

「你肯回家做主婦？」

「不是，我們一起工作，開夫妻檔。」

「你說做小販？」

「我們在商場租一房間，甚至一張寫字枱，開一間小型貿易公司，

你負責外邊事務，行街接單，我在寫字枱聽電話，這是本錢最少的生意，可以吸收經驗。」

「我沒有口才。」

「我行街，你聽電話？」

「過幾天再説吧。」

此後半個月內，婉微向厚福提了七、八種做生意的方式，都被拒絕。而幾乎每一晚，厚福都在打他的算盤，像在享受無窮的樂趣一樣。

婉微很生氣，「你這個守財奴。」她説。

「我寧願做一個守財奴。可是太太，你那麼熱心要我做生意，有甚麼目的呢？」

她驚訝地問：「我有甚麼目的？」

「你想取得支配這些錢的權力，是嗎？錢是我的，但你是我太太，我不會⋯⋯」

「你説甚麼？」她氣得滿面通紅。

他狡猾地笑道：「我説中你的心事了，是嗎？」

「你！⋯⋯」她面色鐵青。

「太太，你放心吧，我⋯⋯」

婉微一掌狠狠地摑在他臉上，然後，她奪門而出。

厚福滿臉疑惑，他撫摸面頰，沉思着：「如果我將經濟權交給你，或共同管理，你豈不是如虎添翼，隨時會挾帶私逃嗎？⋯⋯」

「⋯⋯就算你不會，但金錢的引誘力太大了。到時騙子一定用甜言蜜語欺騙她，甚至我的生命也有危險呢。」

婉微在深夜兩點才回來。

厚福上前拉她的手。但目光一接觸，厚福感到，她的眼裏有着無

限的失望和悲痛，那冷冷的兩點光，充滿了卑視，嘲弄和憤恨。她使厚福頓然感到自己忽然變得十分渺小，簡直連一隻貓，一隻老鼠也不如。

這一晚，婉微搬去另一間房睡覺，她在房中哭得很傷心。

厚福想去安慰她，但由於婉微對他卑視，深深地刺傷了他，這冷冷的一瞥，猶如在他心中投下一粒仇恨的種子，她傷心的眼淚灌溉了種子，使它發了芽。

他痛苦地返回房中。獨自睡覺。

一連幾晚，婉微傷心痛哭。她沒有上班，好像病了。

厚福行入她房中，見婉微兩眼紅腫，當他想開口時，她眼裏兩道冷光，猶如兩把利劍，直刺進他心窩，他疾走出房，發誓以後不入她房，除非她跪在面前向他道歉。

一個月過去了，兩人仍分房而睡，甚至各自煮食。

一年過去了，兩人沒有和解，時間竟使他們的感情日益淡薄嗎。

厚福想：「她根本沒有愛過我，我為甚麼要去求她？」

「二十年來，她有愛過我嗎？」厚福自語着，抬頭看一下醋睡中的太太。

他又被另一種思想困擾着，剛才她大聲指責他，為甚麼？是她仍然恨他嗎？她要在臨死之前，將二十年的抑鬱全傾吐出來嗎？在以前，無論是雙方未交惡前，還是已交惡的漫長二十年，她從未像今天這樣，一點也不顧及他的自尊，直斥他的缺點的。從前她很少說話，甚至不說話。她只用行動，特別用眼睛表達她的意見。那冷冷的兩點寒光，那充滿卑視和嘲弄的眼神，只要是男人看見，都會憤怒得將她殺死，或者，消極到自殺的，她的眼神告訴他，他不配作為一個男人，

甚至不配做一隻狗。

他曾想過，二十年來她不和他離婚，就因為想天天用眼神去侮辱他、卑視他。可是二十年來，他既沒有殺死她的勇氣，也沒有自殺的念頭。那麼，他的而且確，真真正正，是個不折不扣的歪種和孱頭了。厚福現在回想起她的眼神，還有點不寒而慄。但是今天，但是剛才……她雖然大罵他一錢不值，可是，她眼中再沒有利劍般冷冷的光，沒有了嘲弄，所以他覺得很痛快。

「這樣說來……她是原諒了我！」他興奮起來，婉微終於肯原諒他了。

「她為甚麼肯原諒我？是因為人之將死，其言也善嗎？還是因為對我來看她的一種報答，她受到了感動？」當他再抬頭看婉微時，她醒了。

「你醒了嗎？」

她抱歉地說：「對不起，剛才我……」

「你罵得好，罵得痛快。」

「你？……」

「我的確配不起你，累你受了很多委屈。」

她流出了眼淚。

厚福替她抹眼淚。

婉微怨恨地看他一眼，包含了很複雜的感情。

「你仍然恨我嗎？」

「我的確恨你。」

厚福疑惑地看着她。

「你現在對我這麼好，我的確很受感動，但是，二十年來，我天

天在盼望，有一天你會低頭，會向我認錯，我們便和好如初，或者，你像最初一樣，闖進我房中，第二天便又好了。你知道嗎？我晚上是沒有鎖上房門的，我天天等待，但你的心腸比鐵還硬，究竟為甚麼？」

「因為我知道你根本沒有愛過我。」

「我沒有愛過你嗎？」她自語着，像問自己。

「你的態度和眼神告訴我，你對我十分憎恨。」

「你太不了解女人了，有時一個女人外表十分堅強，內心卻非常軟弱。一個女人外表的行為，常常是和她心中所想相反的，你知道嗎？女人心軟，只要你肯求她，再大的仇恨也可以化解。」

「你不憎恨我嗎？」

「我是因為驕傲，才看不起你。」

「但是，我也是人，也有自尊心，何況我是男人。」

「你是因為自卑，才不肯向我低頭。」

「也不全是自卑。我覺得配不起你，所以不想打擾你。那時我在想：如你和我離婚，我也沒有怨言。但你沒有。於是我懷疑你不肯離婚，目的在侮辱我，使我自慚形穢。」

「你真的這樣想嗎？」她激動起來，「我不離婚，主要因為一件事。」

「一件事？」

「因為你替我受了一刀，那時爸爸陷入瘋狂狀態，甚麼壞事都可以做出來。沒有你，我和媽媽可能受傷，甚至喪命。由於你替我們受了一刀，爸也清醒，逃走了。」

「你就為了報恩，不和我離婚？」

「我不知道。」

「是這樣嗎？」厚福陷入沉思。片刻，他問：「你必須老實答覆我一個問題。」

「甚麼問題？」

「從你嫁給我開始，二十多年來，你有愛過我嗎？」

「我有愛過你嗎？……我不愛你，肯在你家住二十年嗎？我不愛你，早已精神崩潰了。」

「正如你說，你是為了我替你受了一刀，才這樣做。這信念使你堅持了二十年。你的目的是使我慚愧，日後可以裁判我。」

「可是你，你有愛過我嗎？」

「我不愛你，當初就不會用近乎卑鄙的手段威脅你了，我愛你達到瘋狂的程度。」

「瘋狂的程度嗎？」她激動起來，悲憤地說，「可是二十年來，你從不肯向我認錯。」

「我沒有錯。」

「你說我對你的財產動心，你的話比刺我一刀過殘忍！你還說沒有錯？」

「這我承認，但你不給我機會。」

「我有給你機會。」她說。

「你有？……」

「我每晚在房中，等你推門進來，但你沒有。試過不少次，我接近你，甚至用身體去碰你，我的心在劇跳，以為你會開口說話了，但你卻顯得更冷漠。」

「是這樣嗎？但你臉上的鄙夷更甚。」

「我因為太緊張，不甘自認低威，你太不了解女人了，難道要我

笑臉相迎嗎？」

「唉！」厚福長嘆一聲。

「你現在為甚麼肯來探我？」

「因為我關心你。」

「我不患上絕症，你會來嗎？」

厚福低頭，沒有說話。

「我患上絕症，使你覺得與我平等，甚至我比你矮一截。於是你樂意來看我了，是嗎？」

「你……太敏感了。」

「你這樣算是同情我嗎？我不需要同情。」

「二十年了，婉微，我求求你，不要再鬥氣好嗎？」

「二十年來你不說求我，現在你才……」她又哭了。

「好好休息，明天我再來。」

厚福吻別太太，走了。

當婉微在醫院住了一個月時，她忽然堅持要出院。

「這裏有專人照顧你，設備齊全，為甚麼要出院？」

「我已時日無多了。」她微笑說。

「你為甚麼要說這些話？」

「這是現實，無法迴避的，醫生不是叫你盡量滿足我的要求嗎？」

「你有甚麼要求？」

「我最近時常想，我們冷戰了二十年，現在終於和好，所以我要回家，做一個好太太。」

「但你的身體？」

「我可以支持的，而且，能夠死在你懷中，是一件非常幸福的

事。」

「你不要再説了。」他的聲音悲傷起來。

「傻子。」她撫摸着丈夫肩膊，露出憂鬱的微笑，「我不傷心，你卻傷心，快樂起來吧，為我們的愛情和幸福慶祝吧。」

「我忽然很想和你去外國旅行。」

「這個主意不錯。」

「但是不行，不如去大嶼山住吧。」

「好呀，我願意死在那裏。」

「你為甚麼盡説不吉利的話？」

「死是人生的終點，每個人都無法避免。」

厚福沉默無言。他替她辦理出院手續。兩人回到家中。

晚上，婉微煮了厚福最喜歡吃的菜，有菠蘿雞、沙爹牛肉等。

「你還知道我愛吃沙爹牛肉。」

「我怎會忘記。」

厚福取出一支啤酒，倒滿兩杯，夫妻對飲。

「今天是我一生人最高興，最幸福的日子。」

「我也是。」

「為甚麼？」兩人幾乎一同問對方。

「你先説。」

「你先説。」

兩人相視而笑。

他們像新婚夫婦，又似知己良朋，興高采烈，談了很多很多。夜深了，兩人仍在談話。

「二十年前，我們兩人如果有一個肯先低頭，你説多好呢。可

是，我們二十年黃金時間，就這樣浪費掉了，都是我不好，我太臭脾氣了。」

「是我不好，我驕傲倔強，傷了你的自尊心。」

「如果你媽仍在，我們或許不致各走極端。」

婉微點點頭。很快，她又面露笑容，「我要去洗澡了。」

「我替你去放水。」

「好，我入房取衣服。」

當厚福放好浴缸中的水，出廳不見了太太，就四處「婉微！婉微！」的叫她名字。但她沒有答覆。「一定還在房中。」他入自己房，沒有人，行入她以前睡的房，看見婉微仰躺在牀上，就叫了她一聲，卻沒有回應。

「莫非她喝醉了？」厚福行近兩步，愈覺不對，她只喝了一杯啤酒，絕不可能醉成這樣。而且，喝醉了的人面色紅潤，有少數人面色鐵青。但是她臉色蒼白，斜躺在牀上，頭突出倒懸，她緊握拳頭，兩眉緊蹙，嘴唇有咬過的痕跡。他看清楚了，唇邊有一道咬破的血痕。她顯然病症發作，在極端痛苦中暈倒。

「婉微！婉微！」他撲倒在她身上。很快，他意識到太太已失去知覺，急忙起來，替她搽藥油。但是，她仍沒有甦醒。「怎麼辦？怎麼辦？怎麼辦？」他在屋中走來走去，傍徨無計，忽然，他想起了打九九九，但馬上一想，遠水不救近火，就拿起婉微一隻左腳，猶疑了三秒，然後，抬起她的腳，用口朝她腳跟那條大筋咬下去。

婉微終於甦醒過來。厚福驚叫着要送她去醫院，但她微笑起來，一點也沒有痛苦。她精神奕奕，豔光四射，令厚福大感驚異。

「我剛才睡了一覺，我太疲倦了。」

「你暈倒了，是我救醒你。」

但婉微固執不肯承認曾經暈倒：「你太杞人憂天了。」

一個月過去了。

在這一個月內，厚福感到自己是全世界最幸福的人。因為，他有一個真心愛他的太太。

從婉微的反應，以及她的言行舉止，厚福相信她也一樣沉浸在幸福中。

但是，婉微暈倒的次數愈來愈頻密，她臉色一天比一天蒼白，可是，她卻堅決拒絕入醫院。

婉微曾說過：「為了不使你看見我死時的恐怖，我真想服毒自殺。但是，我還是願意死在你懷中。」

他擔心婉微真會自殺，甚至她入廁所，亦不准她關門。

他又擔心半夜醒來，婉微已離開他，所以晚上不熄燈睡覺。

「你近來憂心忡忡，好像快要世界末日一樣，為甚麼？」婉微問。

厚福想直言，又怕影響她的情緒，只好結結巴巴說，「看來……我……我有……神經衰弱吧。」

「為何會神經衰弱？」她溫柔地微笑。

厚福低頭不敢看她。

「抬起頭來，對我笑吧。」

厚福想笑，看太太一眼，反而想哭，但他馬上將悲傷的情緒強壓下去，模仿小丑的姿勢笑起來，卻比哭過難看。

「你三分像拿破崙，但七分似武大郎。」

「是嗎？」於是他立刻學拿破崙步行的雄糾糾姿勢。

然後又將肩向上縮，學武大郎被那擔燒餅壓得氣喘喘的樣子。

　　婉微笑了，厚福也笑了。兩人開心地笑了。

　　婉微哭了，厚福也哭了，兩人傷心地哭了。

　　「我來說武大郎的故事給你聽。」他變了音調說。

　　「你說我是潘金蓮了？」

　　「你樣子像潘金蓮，性格卻像孟姜女。」

　　「厚福，我忽然心血來潮，有了一個決定。」

　　「甚麼決定？」

　　「我們明天去大嶼山。」

　　「明天去？為甚麼？」

　　「我想起那裏美麗的海灘和幼沙，我想聽海浪聲，我想拾貝殼，我想看帆船，我想看海鷗，我對世界無限留戀。」她的音調變得很哀傷，「真的，無限留戀。」

　　「好吧，明天去住幾天吧。」

　　第二天，兩人去大嶼山，租了一間渡假屋。安頓好時，一陣劇烈的楚痛襲擊婉微，她臉色蒼白，虛汗滲透全身，她閉上眼睛，緊咬嘴唇，顯然竭力忍受。

　　「婉微，你怎麼啦？你怎麼啦？」厚福六神無主，只會叫喊。

　　在屋主夫婦幫助下，不久婉微清醒過來，痛苦似乎消失。她微笑看着厚福。

　　「我們回去吧，我們回去吧。」

　　「我已沒事了。」

　　「但我不放心。」

　　「不放心又怎樣？命運已不可改變，唯有等它來臨吧。厚福，我忽然很想去沙灘，陪我去吧。」

「吃完晚飯才去好嗎？」

「你真不懂享受，黃昏的海景最好看。太陽像一個大紅球，徐徐降下水面，遠處的水血一般紅。近處呢，海水金光閃閃，黃昏的海水是千變萬化的，你知道嗎？」

從村屋去沙灘，只需五分鐘行程。兩人漫步前往。到達沙灘時，她很高興：「厚福，脫掉鞋子吧。你看地上的沙多麼幼，多麼軟滑。」

兩人脫去鞋子，用手挽着。他們在距離水邊二十呎坐下來。

現在是秋日的黃昏，血紅的太陽降至接近水平線。太陽被幾片浮雲簇擁着，白雲便染上紅色，紅色的光向四面折射，天空於是變得七彩繽紛。

海中央有一隻小漁船，一個漁家女頭戴竹笠，努力在划艇。在背光下，她的面貌看不清楚。

但從那飛揚的秀髮推斷，她不會超過三十歲。

近海面處，有一群海鷗在水面飛翔。牠們的姿勢千變萬化，或高或低，或橫或直，或作青蜓點水，或像飛機緊貼水面飛翔。

再近一些，在他們前面的沙灘上，有三、五隻幼小的螃蟹在地上爬來爬去。當她用沙擲去時，牠們立刻鑽進土中，不見了。

她無意識地用手指挖沙，挖着一塊小石。拿起一看，才知是個美麗的小蚌，那些幼細的紋美極了，整齊極了。「牠是活的」她像小孩子高聲呼叫。

「在我們背囊中，不是有一隻小紅桶，和一把小鐵鏟嗎？」她問。

「是呀，我記得是你特意要帶的。」

「小學時，我在沙灘掘過蜆，你快回去，帶小紅桶和鏟來。」她的興奮達到了頂點。

「但你？……」

「去，快去。」她有點不快了。

「好，我去，我跑步去。」

就在他行出二十步遠時，婉微突覺一陣噁心，伴隨強烈的天旋地轉，接着有一股熱的東西在喉間湧了出來。不，它是奪喉而出，噴出來的。她在意識矇糊中注視地面，那噴出的東西染紅一片沙土。她知道那是血，一種從未有過的恐怖感佔據了她，她後悔叫他前去。

她竭力睜開眼睛，竭力往回望，厚福矮小的影子彷彿就在前面。於是她想叫他回來。但是，她的聲線好像突然失靈，好像啞了，有一種強大的壓力直迫她的心臟，她知道它已經來了。

矇矇朧朧中，她看見厚福已回來。他左手拿着小塑料紅桶，右手持小鐵鏟，高興地在她面前跳躍。然後，他一步步向海中行去。她想跟着，但力不從心，她知道它已在獰笑了，她竭力抗拒，但它已佔領她的四肢，直迫心臟。她的呼吸已沒有了。她在矇朧中跌了一交，再也沒法起來，一切完全靜止。

現在，她的意識又活躍了。她看見另一個婉微自她身旁站起，行向海中，和厚福手挽手前進。她聽見他們快樂的笑聲。

一切又再完全靜止。

厚福拿着小紅桶和鐵鏟回來。他遠遠看見婉微躺倒在沙灘上，遂急步跑上前，見她仰躺着，微笑着。

「婉微，婉微。」他叫着，但沒有反應。

他檢查過，她瞳孔已擴大，沒有了呼吸，沒有了心跳，但她的一隻手似緊握一樣東西。他將她的手指扳開，掌中所藏，是一隻蜆。

厚福撲倒在她身上！

紅顏

　　九龍有一間規模頗大的製衣廠，寫字樓職員最近要求加薪不成，工作更差勁了。尤其男職員們，每天只是重複着打字、計算和抄寫文件，枯燥而刻板，寫字樓僅有幾個女職員，不是已婚，就是名花有主，王老五職員想向她們打情罵俏亦覺無味，更遑論「人約黃昏後」了，幸而還有一個未嫁的嬌娃，可給他們在苦悶時戲弄一下，取笑一下，否則正如王仔所說：「他會無法忍受了。」

一、戲弄老姑婆

　　她叫馬美蓮，身材像洗衫板，皮膚古銅色，在長長的馬臉下長着哨牙。這樣的長相還未嫁當然絕不出奇，可是她雖是醜人多八怪及瘦臀，走路竟大幅度搖擺，她的聲音本像常人一樣，她卻故意提高幾度，如女高音歌唱、但一點韻味也沒有！她整份薪水，都用在化妝打扮上，衣服天天新款。王仔認為，如她稍有幾分姿色，這樣展覽時裝，將會引死人，使男同事精神百倍，可以提高工作效率。但對象是她，男人們卻精神不起來，因為想起就會發笑！照王仔估計，馬美蓮最少也有三十歲，所以他們背後都叫她做老姑婆！

　　午膳時候，幾個王老五職員坐在一起，提起加薪的事，個個沒精

打彩！

「工廠今年賺大錢，我們的薪水卻不調整，太不公平了！」王仔說。

「再這樣下去，我要跳槽了！」小馬說。

「到處人浮於事。風大雨大，你走去哪裏？你一走，就會有無數中學生畢業生爭你的位置，老闆甚至可以少出五百元一個月請他們！」一同事說。

「你說得對，我現在是做一日和尚敲一日鐘！」

眾人垂頭喪氣之際，王仔忽然說：「我們這樣下去，老闆會不高興的！」

「不高興又如何？」

「如何？叫你另謀高就！所以，我們要想一個辦法來提高士氣。」

「王仔，你有何妙計？」

「戲弄一下老姑婆，以洩我們心頭之憤！」

「太殘忍了吧？大家都是打工仔！」

「我們消極怠工，她卻拼命工作，和我們唱對臺！」

「我想到一條美男計。在這幾個人中，要算王仔比較英俊，所以由他出馬。」

「我？我不行！」王仔大驚。

同事們一致贊成。小馬說出來時，王仔終於答應了。這幾個王老五，要將對公司的不滿，發洩在馬美蓮身上了！

一天黃昏，寫字樓放工，男女職員相繼離去，只有馬美蓮像往常一樣，最後才走。小馬看見只餘下他們兩人，就走近馬美蓮，向她深深鞠躬：「馬小姐。」

「做甚麼？」她知道小馬不是戲弄她，就一定有求於她。

「王仔約你今晚看電影，戲票在這裏。」

「王仔？」她嚇呆了，幾乎不相信自己的耳朵。

「你有空嗎？」

「為甚麼他自己不說，要你代說？」

「他不好意思說呢！」

「但我今晚已約了別人！」馬小姐說。

「既然這樣，我去對他說好了。」

馬小姐一手搶過戲票，「我記起了，我是明晚有約，不是今晚。」

小馬掩着嘴，幾乎想笑出來！

小馬走後，馬美蓮將戲票收藏得妥妥當當。

在回家途中，嘴角不時泛起甜蜜的微笑。她的心情十分混亂，有種說不出的滋味！

回到家中，一個人也沒有。她關緊大門，上了防盜鍊，走進浴室洗澡。她手舞足蹈，大唱「遲來的春天」，聲音連對面樓也聽得見。沐浴完畢，她又忙於挑選衣服。「穿甚麼好呢？白色連衣裙，白高跟鞋，白手袋？不行！」房中的唱機，正在高唱情歌：「你使我瘋瘋顛顛……」「穿甚麼好呢？」她走來走去，「全黑色打扮，有神秘感……但不行，我的年紀……」最後她選了一件白色碎花裙，大紅恤衫，啡色手袋及鞋。

她用一小時將自己打扮得像去參加婚禮的新娘！

去到電影院時，她看一下片名，是一套西方牀上戲！起初有點生氣，想離去。

繼而一想，她終於低頭笑了，「他真壞！」於是馬美蓮進入戲院

坐下。

　　她東張西望，卻不見王仔蹤影！她以為對錯座位，重複對了幾次，沒有錯呀！放映了，王仔仍沒有來！正疑惑間，她發覺旁邊座位被一個小童霸佔了，十分生氣，就對他說：「細路，這張椅是有人坐的！」

　　「你一定是馬美蓮小姐了！」男人的聲音，不像孩童。

　　「你是誰？」

　　「表弟叫我來的。他説你很想結識男朋友。馬小姐，你不嫌棄我吧！」

　　在昏暗光線下，馬美蓮看清楚了，他是個駝背的！「啊，駝背的！」她內心大叫一聲，疾跑出戲院！

　　她走了很遠路，最後發覺自己坐在一個公園裏。她的四周，一對對男女，正在融融細語，海誓山盟，而她，卻受到前所未有的欺騙和侮辱！突然，她傷心地哭了起來，最後，當她瘋瘋顛顛回家時，口中不停大叫着「我要報仇」這幾個字。

二、單思病

　　王仔他們作弄了老姑婆，發洩了沒有加薪的不滿。但他們覺得馬美蓮除了變得沉默之外，一切如常，未免有點失望！幾天後，美蓮帶着一個人來上班。眾同事初時沒有理會她們，但小馬無意中抬頭一看，嚇了一跳！老姑婆帶來一個絕色美人。她年約二十三、四歲，身高五呎六吋，身材一流，完全合乎「香港小姐」的標準！她的眼睛雖不很大，但十分適中。眉毛彎彎的。高高的鼻樑，口略大一點。她的臉型

也是略長，但是鵝蛋形，她有一排細而整齊的潔白的牙齒，穿一條草綠色西裙，鵝黃恤衫，帶一對塑膠耳環，四吋高跟鞋。

　　就在小馬發呆之際，王仔也發覺了！很快，整個寫字樓的男女職員都注視着她，被她的美麗震懾得鴉雀無聲！

　　「我來介紹，這位是新同事，我的表妹王巧蓮小姐。」馬美蓮說。

　　眾人急忙點頭回禮。

　　工作中，小馬借故走近老姑婆，一臉誠懇說：「馬小姐，上次看電影的事，不是我出的主意，希望你不要怪我。」

　　「我沒有怪你。」美蓮說。

　　小馬高興地返回座位，工作得很起勁。

　　午飯時，王仔要請美蓮和她表妹吃飯。

　　「為甚麼？」美蓮說。

　　「一來為了上次的道歉。二來歡迎你表妹成為我們新同事。」

　　「好吧！」美蓮說。

　　王仔捷足先登，恨得小馬他們牙癢癢的！

　　吃完午飯回來，小馬埋怨王仔不夠朋友。王仔說：「你有本事，也可以約她！」

　　「喂，那個香港小姐如何？」一同事問。

　　「你是說老姑婆的表妹？無得彈，一百分！」

　　「如何見得？」

　　「我覺得她最迷人的是走路時的姿勢，婀娜多姿，既斯文又風騷！

　　「無論你從前面看，還是從後面看，甚至從側面看，都會使你着迷！」

「她的確夠性感！今天早上我行近她身邊，她看了我一眼，我便有種天旋地轉、暈陀陀的感覺！她的眼睛，真有勾魂奪魄的本領！」小馬説。

「我成天打錯字，就因為偷偷看着她！她好像有點邪氣，吸引你看她。但看得久了，卻又感到她有點靈氣，有點凜然不可侵犯的尊嚴，使你不敢正面看她，不敢作非非之想！」一同事説。

「看來，我們要來一個公平競爭了！」王仔説。

「她可能已有男朋友，甚至有了丈夫了！」

「我知道她還未嫁，是老姑婆告訴我的。」

眾人大喜，各出奇謀追求王巧蓮，但她似乎對王仔情有獨鍾，最初大家頗感不平，繼而一想：王老五中，以王仔最年青英俊。姐兒愛俏，也就不奇怪了。

最初王仔和她們表姐妹一同去街。幾次之後，巧蓮肯單獨赴約了。兩人一同看電影。本來這是親近她的最好時機，王仔卻比正人君子還要正經。他心跳得厲害，説話詞不達意，努力扮成一個紳士！

有一次，兩人一同吃晚飯。

「我真怕你不會來！」王仔説。

「為甚麼？」巧蓮問。

「我是甚麼身份？怎高攀得起你！」

「王先生，你何必太自卑，你我都是普通文員，有甚麼不配的？」

「你説得對，你説得對！」

一個月後，巧蓮答應王仔晚飯後行姻緣道。兩人在幽靜的環境漫步着。王仔企圖拖着她的手，可是他自己的手心滿是汗，就是不敢拖她！

巧蓮回過頭來，對他嫣然一笑！

王仔鼓起最大勇氣，鬆開握拳的手，但手背剛碰着她的手，他便立刻縮回，伴隨一陣劇烈的心跳！他責怪自己無能、膽小！「這樣下去，不變成心臟病，也會神經衰弱了！」

巧蓮的手，幾次無意中碰着他的手，似乎在鼓勵他！

他急得滿頭大汗，渾身濕透！「好，博一博吧！」他決定孤注一擲，急忙握着她的手。但是，剛一握着，巧蓮便叫起來，王仔立刻鬆手，以為今次完了，於是他說：「王小姐，我……我！」

「你握痛我的手了！」巧蓮微瞋，白了他一眼。

王仔知道自己剛才只是緊張過度，像從死刑改判無罪一樣，大喜過望！她剛才白了他一眼，那種迷人的風韻，誘人的姿色，使他如癡如醉！他真想擁着她狂吻！但他不敢！甚至偷偷看一下她的動人身材都不敢，因為怕她生氣，從此不理他！

兩人在一張遊椅坐下來。

「王先生，你懂得看掌相嗎？」巧蓮伸出手掌給他。

白胖的手掌，纖長的手指，握着有溫暖而軟綿綿的感覺！但他握一下，就立刻鬆開，顫抖着聲音說：「我……不懂！」

回到家中，王仔心情興奮，他對自己說：「我握過她的手了！我握過她的手了！」

他夢見自己和王巧蓮在教堂行婚禮！

他們生了兩個孩子，男的比他英俊，女的像她一樣迷人！

第二天醒來，王仔很高興，認為是一種吉兆！

王仔約巧蓮星期日去新界玩，她答應了。

星期日早晨，王仔去到約定地點。但過了半小時仍未見她，他心

急如焚！

　　她在一小時後姍姍而來，王仔高興地跑近她：「我以為你忘記了呢！」

　　「對不起，王先生，我來告訴你，今天我不去了！」

　　「你有急事嗎？」

　　「沒有。」

　　「那……為甚麼？」

　　「因為我不喜歡！」

　　「你？……」他滿腹疑團。

　　「我們的友誼也到此為止！」

　　「為甚麼？」

　　「剃人頭者，人亦剃其頭！」

　　「你今天怎麼啦？」

　　「你想知道原因，去問我表姐吧！」說完，她不辭而別。

　　王仔整個人像失去知覺，當清醒時，巧蓮已去遠了！他失神地想着，漸漸，他明白了，這是老姑婆對他的報復！但是，他已深深被她迷着了！「如果她能回心轉意，我可以跪在她表姐面前認錯！」他決意去找老姑婆。

　　「你是甚麼身份，她會喜歡你？」馬美蓮說：「論經濟能力及地位，你只是小職員。論相貌人才，不錯，寫字樓要算你英俊。但，我們廠的營業主任周為群，你也認識的，你和他比起來，還差幾個馬位呢！」

　　「愛情不是講外表的！」

　　「王先生，請問你有甚麼才幹，可以和周主任比呢？」

「你是說，她喜歡了周主任？」

「周主任正在追求車衣部門一個女工，你沒聽過我們廠有個工廠皇后嗎？」

王仔失神地看着老姑婆，已不知道她在說甚麼話了！漸漸，寫字樓的人都說王仔患了單思病！人們對這個外號「香港小姐」的王巧蓮，也有幾分害怕了！

三、工廠皇后

車衣女工張美麗，外號「工廠皇后」。她生得嬌小玲瓏，五官端正，只穿着普通牛仔褲和恤衫。至於皇后名銜的得來，據說她笑的時候十分甜，有兩個酒窩。尤其在她生氣之後的笑，有着喜和怒的混合表情，使人無限迷戀！她是個入世未深的少女，本應天真活潑，但她的眼裏，總是時刻帶有幾分憂愁，像在思索一個無法解決的難題，加上她的嬌小，使人有「我見猶憐」的感覺。

工廠的營業主任周為群，年約三十歲，英俊蕭灑，口若懸河。有一次他出外回來，拿着一罐汽水走進車衣部門，想找一些女工談天。他站在張美麗附近，和一個潑辣的「大家姐」閒談。當他口沫橫飛之際，有幾滴口水花竟噴在張美麗臉上！她很生氣，緊閉嘴唇看着他。最初周主任不知道，發覺之時，為了使她笑，便做了一個「傍友」的表情向她陪禮。她還是不笑。於是，他改變一個表情，模仿人妖兜搭同性戀者。陰陽怪氣地說：「小姐，對唔住！」張美麗忍不住笑了起來！她這一笑，使周主任呆了幾分鐘，事後暗中向「大家姐」打聽。

「這個甜姐兒，是我們的工廠皇后呢！」

「怎麼我一點也不知道？」

「她有幾分姿色，外表看來，也無特別之處。但當你與她日夕相對之時，就會被她迷人的魅力所吸引了！你想追求她嗎？」

「我一定有很多情敵了！」

「算你幸運，這裏陰多陽少，追求她而得到青睞的只有三個人。一個是裁牀師傅，一個是燙衣師傅，一個雜工。」

「雜工也追求她？」

「不要小看這雜工，他年青英俊，成個姑爺仔模樣。」

「我已經成竹在胸了！」

周主任除了時常借故親近「皇后」，又開始對付他的三個情敵。他時常以主任的身份命令那個雜工工作，對他諸多留難。有一次，雜工沒事做，在替「皇后」剪線頭。周主任突然出現，命令他去洗廁所。

「你不要欺人太甚！」

「叫你洗廁所，有甚麼不對？」

「我最多唔撈，都要打你一身！」

周主任馬上走入寫字樓，召來警衛。結果雜工被開除！

有一天，周主任約他的第二個情敵熨衣師傅飲茶，問他一個月入息多少？

「如夠工開，勤力，也有四千元一個月。但一年平均計算，只有三千元左右。」

「主要是廠方出的價錢太低！」

「周主任，你可以和老闆說一聲，提高一下價錢嗎？」

「這我無能為力。不過，我可以介紹你去第二間製衣廠，擔保你

每月可多賺五百元！」

「真的？」

「當然，你懷疑我的能力嗎？」

「但是，你為甚麼要幫我呢？」

「我們是朋友呀！」

「周主任你平時貴人事忙，怎會結交我這個燙衫佬？」

「好，老實告訴你，最近我和一個高級職員不和。如他在老闆面前煮重我米，我就要拜拜了！我介紹你去，也是為將來打算，方便我日後跳槽。」

大利當前，熨衣師傅終於跳了槽。

又有一天，工廠小休飲下午茶。裁牀師傅正與「皇后」款款深談，周主任則在附近，微笑看着兩人。忽然工廠闖進一個妖冶的女人，直衝裁牀師傅，指着他說：「黃志剛，你甚麼時候和我註冊結婚？」

「你是甚麼人？我根本不認識你？」

「甚麼？不認識我？我肚裏有了你的孩子，你就說不認識我！」

妖冶的女人動手扯裁牀師傅耳朵及頭髮，女工們像看大戲一樣圍觀。

「你含血噴人，我一定要拉你上差館！」黃志剛說。

周主任急忙召來警衛，將女郎逐了出去，對志剛說：「這個女人一定吃了迷幻藥，才會胡言亂語！」

「周主任，你說得對！」志剛邊說邊看「皇后」。

「可是，她怎會知道你的名字呢？」

「這個？……周主任，我也不知道，美麗，你要相信我！」

張美麗冷淡地看着他！

這一切，「大家姐」看在眼裏，她悄悄問周主任：「用去多少錢？」

「這個舞女，給她五百元，已歡天喜地了！」

「但是，手段未免卑鄙一點吧！」

「你不開口，我會報答你的。升你做領班如何？」

「大家姐」滿意笑了！

周為群擊敗三個對手後，由於他的地位、相貌和口才，很快贏得「工廠皇后」張美麗的芳心。女工們都說兩人天生一對。

四、工廠旅行

工廠秋季大旅行，車費午膳全免，所以絕大部份員工都參加。營業主任周為群坐在張美麗身旁，有說有笑。抵目的地，自由活動開始。周主任與「皇后」坐在草地上，正在細語之際，偶然抬頭一望，見不遠處有個二十餘歲少女，穿着黃色連衣裙，獨自在看風景。她的側面很美，微風吹動她烏黑的秀髮，髮絲散落在她桃紅色的臉上。偶然她別轉頭來，傲視他一下，又繼續看風景。

周主任走近問寫字樓職員小馬：「她是甚麼人？」

「她嗎？是新來不久的同事，我們叫她做『香港小姐』。」

「她的確很美！你們為甚麼不追求她？」

「她是朵有刺的玫瑰！王仔就曾為了她，變成單思病！」

「真的那麼厲害？」

「你對她有興趣？但你已有了『工廠皇后』！」

周為群返回美麗身邊，眼睛卻只顧看着王巧連。

中午燒烤，王巧蓮有意無意之間和周為群一處，在他對面。周主任時常偷眼看她，她卻只顧燒雞翼，根本不注意他！周主任有點生氣，為了示威，就對「皇后」說：「美麗，我叫小馬替我們拍張照片好嗎？」

「我不拍照！」美麗生氣地甩開他的手。

「美麗，你？……」在眾人面前，周主任面目無光。尤其在她——王巧蓮面前！

張美麗一反溫順的常態，走近一棵樹下坐下，不理他！

周主任難以落臺，卻又不便發作，走又不是，不走又不是，眾人都目光灼灼注視着他，當他低頭之際，鼻前出現一隻燒好的雞翼。抬頭一看，遞給他的竟是王巧蓮，而且，她正微笑看着他呢！

周為群接過雞翼，在惶恐的感謝中，更覺自己的失儀！他竟心跳臉紅起來！口若懸河，有浪子之稱的他竟會心跳臉紅，連他自己亦感到奇怪？

「我叫周為群，廠的營業主任。小姐你是？……」他畢竟是情場老手，很快恢復平靜。

「我叫王巧蓮。表姐曾向我提起過周先生的大名！」

「王小姐，你太客氣了！」

此刻周為群不但恢復了面子，更心高氣傲起來。因為，工廠兩個美人，一個為他吃醋，一個燒雞翼給他吃，有誰比得上他？

「周先生，你的朋友在那邊樹下生氣了！」巧蓮說。

「我去叫她來。」周為群起近美麗，拉她過來。

「你也吃一隻吧。」巧蓮遞給美麗一隻雞翼。

美麗不接。周為群替她接，遞給美麗。美麗想不接，見他生氣，只好勉強接下。

　　吃完雞翼，美麗開了一罐汽水給周主任。他接過手，遞給王巧蓮：「多謝你的雞翼，現在還你一罐汽水。」

　　巧蓮接過，眼看着美麗。美麗忍無可忍，站了起來。

　　「你又去哪裏？」周為群語帶責備。

　　「去小便，不可以嗎？」說完，她疾跑而去。

　　「周先生，你的朋友好像對我有點誤會呢！」

　　「不要理她。她太小器了！」

　　「女人總是敏感的。你應該去安慰她。」

　　「我們只是普通朋友而已！」

　　「周先生，你又說笑了。就算我蠢，但這裏五、六個人，誰看不出你們是一對情侶？」

　　眾人果然用奇怪的眼光看着他，對他的話頗感意外！

　　「周先生，她躲在那邊灌木叢中，可能在哭泣呢！快去安慰她吧！」

　　面對眾人的眼光，及她那帶刺的說話，周為群十分煩燥，他發誓以後再不和這個女人接近！

　　他匆匆離去，遺棄侮辱他的眾人及王巧蓮！他靜靜走近灌木叢，看見張美麗果然偷偷在哭泣！周為群在她旁邊蹲下，輕撫她的背，用充滿感情的聲音溫柔地說：「美麗，我錯了，你懲罰我吧！」

　　美麗愈哭愈傷心！

　　「我聽別人說，她是一朵帶刺的玫瑰，曾使一個熱戀她的人患了單思病，最初我不相信，現在我信了！」

　　她停止了哭泣。

　　為群掏出紙巾，溫柔而細心地替她抹乾眼淚，含情脈脈地說：「你

哭泣時，你知道我的心多麼痛苦，多麼內疚嗎？」

　　她低頭不語，顯然被他的話打動了！良久，她問：「為甚麼你現在又相信她是……」

　　「她是帶刺的玫瑰？當然相信！她一出現，就使我們產生誤會！」

　　「我要你老實回答我一個問題：她美，還是我美？」

　　「一定要說？」

　　「當然！」

　　「你和她各有千秋，但她似乎有點邪氣，容易迷倒別人！」

　　「你是說她比我更美！」

　　「不是這個意思。邪氣不是好東西，你明白嗎？」

　　「若是這樣，我寧願要她那點邪氣了！」

　　「你入世未深，思想單純。她卻可能飽經憂患，所以十分善解人意，這是我的公平之論。」

　　「那麼，你寧願選她，也不選我了？」

　　「怎麼會呢？我愛你在先，怎會見異思遷？」

　　張美麗撲倒在周為群懷中。

　　經過這次旅行，周為群脾氣忽然暴躁起來！他時常為了小事和美麗爭吵。美麗哭了好幾次！周主任在工作中也時常出錯，被老闆大罵了幾次！

　　有一天，周主任又被老闆嚴重警告！放工後他沒精打彩在街上行走。背後忽然傳來一個銀鈴的聲音：「周主任。」

　　他回頭一看，是她——王巧蓮，精神為之一振！

　　「你沒精打彩，又和女朋友吵嘴嗎？」

「不是，不是，你住在這裏附近？」

「不是。我下班後喜歡來這裏行公司。再見吧！」

第二天黃昏，周為群立刻趕往昨天那裏，等待渴望的事情出現。不久，王巧蓮果然出現。

「王小姐。」他叫。

「周主任，真巧呀！」

「有空陪我喝杯咖啡嗎？」

「今天沒空，改天吧！」

「你不陪我，明天老闆可能開除我！」

她微笑說：「這是風馬牛的兩件事！」

「你不知道，最近我天天被老闆責罵！昨天遇見你之後，今天老闆不責罵我了！我相信你可以給我帶來運氣！」

「真的？」她半真半假問，卻站着不動。

「前面有間餐廳，頗幽靜。」

巧蓮看一下手錶。

「好嗎？」他緊張起來，生怕她走。

「好吧。」她說。

餐廳裏，周主任說：「我見過不少女孩子，從未見過你這樣迷人，真是可以顛倒眾生！」

「周主任，你太言過其實了！」

「我說的是真心話。你充滿性感，舉手投足之間，都有着迷人的風韻！」

「多謝你的讚美！」

「王小姐，我可以和你做個朋友嗎？」

「我們現在不是朋友嗎？」

「那太好了！明天我想請你吃晚飯，肯賞面嗎？」

「多謝你！」

「好，好！明天見。」

周為群和王巧蓮來往後，張美麗日漸消瘦！有時早上返工，女工友們見她兩眼紅腫，知道她昨夜一定哭過！她們卻為她不值。一個女工說：「以美麗這樣的『工廠皇后』，人品又好，周主任也不滿意，真是奇怪？」

一晚，周為群送了一枚鑽石心口針給王巧蓮。她愛不釋手，口中卻說：「我怎受得起這樣貴重的禮物？」

「巧蓮，只要你歡喜，我願意為你做任何事！」

「真的？」她眼裏發着迷人的光采。

「難道你還不明白我的心意嗎？」

「但你一腳踏兩船！」

「你是說美麗？我已沒有和她來往了！」

「你還未對她說清楚呢！」

「這個……」

「你不捨得？」

「她太純品了，我怕她受不起打擊！」

「你不似這樣忠厚吧？」

「好，我答應你！」

周為群果然向張美麗提出分手，初時她毫無反應，幾天後卻傳來她服毒自殺的消息，幸而發覺及時，送院洗胃後無礙。

一天，周主任走進車衣部，女工們都鄙視他！當他想離去時，裁

牀師傅黃志剛突然衝出，大罵他說：「周為群，你既用卑鄙手段橫刀奪愛，就應好好對她，現在你得到她的心，竟又拋棄她！我要好好教訓你這浪子！」

兩人大打出手，兩敗俱傷！周主任本來理虧，人也較斯文，今次卻敢還手，好像吃了火藥，失去常性！女工們也感奇怪？「大家姐」對她們說：「那個王巧蓮最近又不理他了！」

「真是報應！」

「王巧蓮是個害人的妖精！」

五、舞女姍姍

兩人打架驚動了廠長，他見黃志剛敢以下犯上，要開除他！

「炒吧！我已準備炒魷魚了！」志剛說。

「廠長！不要炒他，我們玩玩而已！」周主任說。

廠長走後，周主任說：「你打得好，打得痛快！」

黃志剛奇怪地看着他。

黃昏，周為群在酒吧喝了很多酒，跌跌撞撞去找舞女姍姍。姍姍正在坐枱。周為群拉起她便走。和姍姍談話的男人正想發作，姍姍做好做歹賠不是，與他出街。

「周主任，這麼久不來，一來又那麼心急，現在去哪裏呀？」

「去哪裏？自然去開房啦！」

「我不去！」

「你不要和我來這一套了，我有錢！」

「有錢大曬嗎？以我今日這樣紅，多少有錢佬想買我歡心，我眼尾也不看一下！他們和我睡一晚，不給一萬，也給五千，你那點錢算得甚麼！？」

「你去不去？」

他揑着她手臂，眼裏噴出火來！

「你發神經啦？那麼大力捉我！你以前不是這樣急色的。算了吧！誰叫你生得英俊，口花花騙死人！」

兩人去酒店開了一間套房。姍姍走入浴室洗澡。當她圍着一條浴巾出來時，對他說：「快去冲涼吧！」

他沒有動，只用醉眼看她。

姍姍坐在牀沿，一縷長髮跌落胸前。她看着他，紅色的嘴唇半開半閉。她的眼睛，具有世故的，狡獪的，看透男人心事的本領。但此刻她的眼神，卻流露出罕見的柔情和色慾的光！

周為群自己脫衣服。

「為甚麼不去冲身？」她問。

他不理會，撲向她，卻被她輕易避過了。

「錢呢？」她伸出一隻手來。

周為群捉着她的手，拉入自己懷中，姍姍假意掙扎，發出吃吃的淫笑聲！

「你這淫婦，我要折磨死你！」

她吃吃的笑聲變為放蕩的浪笑！

事後姍姍說：「香港的小姐，是沒有這樣好的服務的！我對其他客人，就算肯和他上牀，也只是閉上眼睛，像一具屍體，任由他亂動，我卻直想作嘔！」

周為群伏在她身上痛哭起來！

「你今天一定有心事！你在情場戰無不勝，難道今次失手，遇上勁敵？」

「姍姍，我要和你結婚！」

姍姍坐起來，銳利的眼睛狠狠地看着他。片刻，她抽出一支煙，無法控制手指的抖動，跌了兩次！第三次點着了，因怕再跌而狠夾着，煙卻折斷了，她急忙拋掉！

「我說的是真心話！」姍姍注視着他。

「你比得上她有餘！不論相貌，身材，你絕不比她差！尤其你在牀上那股騷勁，一定勝過她。你是淫婦中的淫婦，我要和你結婚！」

「她是誰？使你這樣神魂顛倒！」

「不要理她！我要和你結婚。」

姍姍輕搖着頭：「你是個浪子，你不會真心愛我！今次你受了刺激，才會這樣說！」

周為群已經睡着了！

當他醒來時，姍姍已不在。第二晚他又去找姍姍，重提結婚的事。

「周主任，戲應該做完了！」

「你以為我說笑嗎？今晚我沒有喝酒，很清醒，你還不相信？」

姍姍和他去酒店開房，表現從未有過的放蕩，事後她點着一支煙，吸了一口，憂傷地說：「你是想這樣而已！」

「姍姍，你侮辱我！」

「我十六歲被賣落河，在歡場打滾了幾年，男人的心事，我怎會不知道！」

「我真的想和你結婚！」他坐起來，握着姍姍的手，直視着她。

姍姍不看他，顫抖着聲音說：「我不相信，我不相信！」

「我們明天去註冊！」

姍姍呆了片刻，用手撫摸他的頭髮，眼神中閃耀着溫柔燦爛的光輝，嘴角泛出幸福的笑容！但還不夠十秒鐘，笑容馬上消失，眼光也變得狠毒起來：「如果你欺騙我，我一定不放過你！」

周為群嚇了一跳！

姍姍說完，眼光回復先前的溫柔，她癡癡地看着他，然後，投進他懷中，小聲地說：「有幾個闊佬想收我做黑市太太，我都沒答應！」

「你為甚麼不乘機跳出火坑？」

「姊妹們都說我傻！其實有哪個自願做雞？」

「你想找一個如意郎君？」

「現在我不是找到了嗎？」

兩人相擁在一起。

六、心跳的日子

周為群和舞女姍姍同居，工廠及寫字樓的人漸漸也知道了。他們都在注視王巧蓮的反應。她卻若無其事。

一日黃昏，周主任和姍姍在餐廳飲茶。他無意中看見不遠處一個女子很面善，就借故去廁所，經過她面前。看清楚了，她是王巧蓮！

「你好嗎？」周主任說。

「是你，周主任。」她十分平靜。

周為群返回座位，坐在姍姍旁邊，抱着她擁吻起來！

姍姍等他吻完，端詳着他，又看一下周圍，見一個女子看一下他們，又若無其事喝一口咖啡。

「你說的就是她？果然有幾分姿色！」

周為群又擁抱着姍姍，眼卻看着王巧蓮。但她已站起埋單，婀娜多姿地離去！周為群有點失望。

侍應拿來咖啡，放在枱上發出聲響，周為群大聲指斥侍應！部長來道歉，他卻連咖啡也不喝，拉起姍姍離去！

「看來你對她仍未忘情！其實她也沒有甚麼特別，我真不明白……」

「不要說了！」他大聲咆哮。

「周為群，你後悔和我一起嗎？」

「對不起，姍姍。我看見她就生氣！」

「要不要我叫人教訓她？」

「千萬不要！……我自會對付她。」

第二天，周主任走進寫字樓，細聲對王巧蓮說：「中午我在茶樓等你。」

「對不起，我有約。」

「你一定要來！」

她微笑掠一下頭髮，一對長耳環盪來盪去。

「巧蓮，我和你！……」他捉着她的手。

「周主任，請你莊重點！」

「好，我走，你一定要來！」

中午，周為群在茶樓等她，但王巧蓮沒有來！

黃昏放工，周為群在附近等她。不久，巧蓮行過。

「巧蓮！」周主任走近。

「幹甚麼？」

「中午你為何不來？」

「我沒有答應你！」

「我們找個地方談談。」

「對不起，我要回家！」

「你一定要去！」他捉着巧蓮的手。

「請你放手！」

周為群截停一輛的士，強拉她上車。巧蓮坐上的士說：「你真是無賴！」

「司機，石硤尾瀑布公園。」

「你帶我去那裏做甚麼？」

「和你算帳！」

抵目的地，兩人行入公園，在一個無人地方坐下。

周為群突然撲向巧蓮，瘋狂吻她！

巧蓮邊掙扎邊說：「你再不停止，我要大叫了！」

「我不怕，你叫吧！」

「你再不停手，我以後和你絕交！」

他停止，質問她說：「你為甚麼突然疏遠我？」

「我有自由！」

「你使公司的王仔為你單思，美麗因為你而自殺，現在你又想拋棄我！你這個淫婦！」

巧蓮伸手想摑他，卻被他捉着。

「你握痛我的手了！」

為群放手。巧蓮白了他一眼。

「巧蓮，我真的很喜歡你！你若不理我，我會發狂的！」

「真的？」她流露出嘲笑。

「真的！」

「那麼，你發狂給我看吧！」

為群擁着她瘋狂吻着！

「快放開我！」

「你可以大叫，等警察來拉我上差館，我寧願坐監！」

巧蓮忽然吃吃地笑了起來！

「你這淫婦，今天我一定不放過你！」

巧蓮阻止他：「我有話說。」

「你又想出甚麼花樣？」他放開了她。

「我疏遠你，是有苦衷的！」

「甚麼苦衷，你快說！」

「上次王仔的事，別人已說我是有刺的玫瑰！其實我是為表姐報仇。今次美麗自殺，工廠的人都說我橫刀奪愛，我怎能不疏遠你？」

「你為甚麼不說明白？」

「你對我真的那麼癡心？」

「當然！我喜歡你能看透我的心事！我喜歡你的眼睛能勾取我的靈魂！你一舉手一投足都充滿性感！你是個妖精，你是個淫婦，我想吃了你！」

「你說我是妖精和淫婦，那麼你呢？」

「我和你半斤八両。」

「也算你坦白！」

「所以我們是天生一對！希望你可以嫁給我。」

「周先生，結婚是要錢的。而且，以後靠甚麼生活？」

「你和我的薪水合計，沒有一萬也有八千！」

「這點薪水，夠供樓嗎？憑我的樣貌，隨便找個年青的工廠少東，還不容易！」

「我心中已有一個計劃，婚後我決定自己做生意！」

「夠鐘了，你還有約呢？」

「我有甚麼約？」

「餐廳那個女人……」

「她只是個舞女！」

「但你們的關係不簡單呢！」

「我會和她斷絕關係！」

「我走了。」

「我送你回去。」

巧蓮搖頭，自乘的士走了。

周為群回到家中。家人說有個叫姍姍的找了他幾次，叫他去她家中。

為群去到姍姍家。姍姍穿着性感睡衣迎接，她捧着一碗湯出來，說：「你去了哪裏？這碗湯煲了幾小時，很補的，喝吧！」

他呷了兩小口便放下。

「為甚麼不喝？」

「我吃了飯，不想喝，你喝吧。」

姍姍有點不高興！但她很快恢復笑臉，走近他身邊，用身體磨擦

着他。

周為群的反應並不熱烈。

姍姍脫去睡衣，全身赤裸，面對面輕輕搖動身體，用眼睛及嘴唇迫視着他！為群終於和她發生了關係。但事後姍姍説：「你已經變了！」

「你怎會這樣説？」

「我如不懂鑒貌辨色，還用出來撈嗎？你對我已沒有感情！」

「你太多心了！我不是已經和你……」

「以前你見到我，又抱又吻！今次卻全無反應，要我出動看家本領，你才動心！但這只是本能的衝動，一點愛的成份也沒有！你將我當作妓女，而不是情人，告訴我，你是否與她和好如初？」

「你發甚麼神經啦！」

「你欺騙了我，你利用了我！」

「既然這樣，我們分手算了！」他起來穿衣。

「你不要走，我不可以沒有你！」姍姍哭着拉他。

為群回頭見她楚楚可憐的樣子，產生了一陣內疚！他用被單替她去眼淚，將姍姍拉入懷中，用盡他浪子的本領，溫柔地吻她、撫摸她。姍姍閉着眼享受。為群將她放倒，賣力地和她再來一次。兩人筋疲力盡躺着！

「你還懷疑我嗎？」他像哄一個小孩。

姍姍微笑搖頭，笑容像一朵燦爛的鮮花！她的眼睛，充滿幸福的光輝！很快，她睡着了，而笑容依舊未消失。或許，她發着一個愛情的美夢吧！

周為群起來，穿好衣服，凝視着她，產生無限內疚！他衝動得想

將姍姍搖醒，向她說出真相：「姍姍，我欺騙了你！但是，我不得不離開你，她的邪氣實在使我神魂顛倒！有人說，她不但有刺，而且有毒，但我願意粉身碎骨，亦在所不惜！」他用被單替她蓋好，慢慢後退，終於走了！

幾天後，周為群入寫字樓對王巧蓮說：「下班後我在廠外等你。」

「幹甚麼？」

「有禮物送給你！」

「甚麼禮物？」

「當然不會是手巾仔！」

「你在餐廳等吧，我要回家換衣服。」

「好，一言為定。」

黃昏，周主任坐在餐廳內。約十五分鐘，王巧蓮出現了。她穿了一套絲質的緊身白底紅花連衣裙，腰繫一條幼細金皮帶，白色高跟鞋，換上一對心形長耳環，金光閃閃。當她坐下時，周為群呆了半晌！

「等了很久嗎？」她問。

她微笑，露出一排潔白牙齒。那對善解人意而有幾分邪氣的眼睛，放射出異樣的神采！

「你說有東西送給我，是甚麼？」

為群遞給她一個手袋：「是鱷魚皮的。」

「價值不少吧？」

「小意思。」

「多謝！」巧蓮毫不客氣收下。

吃完晚飯，他說：「我帶你去一個地方。」

「幹甚麼？」

「商量今後大計！」

他們坐的士，在一間酒店門前停下。

「入去吧！」他說。

「你當我是甚麼人？」她生氣截了一輛的士，走了。

第二天中午，周主任在樓下等巧蓮。當她出現時，他說：「昨晚對不起，現在請你吃飯賠禮。」

巧蓮微笑與他去吃飯。飯後為群截了一輛的士，招呼她上車。

「返回工廠，不過幾步路而已。」她說。

「不是返工廠。」

「但上班時間快到了！」

「下午我已替你請了假。」

「你要帶我去哪裏？」

他沒有答，吩咐司機駛往水塘。抵步後，兩人行入植林道。

「現在秋高氣爽，來這裏談心最好不過。」他說。

為群拖着巧蓮的手，行入一條小徑，周圍到處是樹木，地上有一條小溪，水深及膝。兩人在一處竹林坐下，看看清徹的溪水和游魚。

「這裏很靜。」巧蓮說。

「這地方很少人到，尤其今天不是假期。」

巧蓮今天的打扮和昨晚一樣。在陽光照射下，她的白底紅花連衣裙份外搶眼！

微風吹動她的秀髮，髮絲在空中飄揚，有一小撮蓋着她的眼。巧蓮用手掠開，頭向後甩，那對心形長耳環，便像鐘擺來回盪漾。陽光照在黃金的心形上，閃閃生光，為群的心，也像她的耳環一樣，盪來盪去！他看看她身上一朵紅花，花像血一般紅，這血紅倒影在他瞳孔

裏，變成火燄在燃燒！

　　巧蓮並不低頭，也沒有正眼看他，只用眼角射他一下。但這一下彷如一股電波，在他心中擊起巨大回響！他再也忍耐不住，擁着她狂吻起來！

　　巧蓮奮力推開他，一掌重重地摑在為群臉上，現出五個手指印！

　　為群撫摸自己的臉，奇怪地看看她。巧蓮並沒有生氣，仍用眼角斜視着他，眼神中有着嘲弄！她的嘴角還在微笑呢！她那侮辱性的眼神激起他的怒火，便走進溪中，用水潑她。

　　最初巧蓮發着笑，但水愈潑愈多，她的頭髮、臉和衣服都濕透了！

　　「你瘋了嗎？」巧蓮驚呼。

　　「你認輸未？」他大笑。

　　「你還不停手！」

　　為群停手，看看渾身濕透的巧蓮。突然，他撲上前，將她抱起，向前急走。

　　她拼命掙扎，卻沒有叫：「你抱我去甚麼地方？我一隻鞋甩了！」

　　為群走到一棵樹下，將巧蓮拋在泥地上，壓着她狂吻！巧蓮用盡全力，在他手臂上狠揑一下。為群痛得淚水也流出來，急忙放開她，坐起來，看一下手臂，瘀黑了一片！

　　巧蓮也坐起來，她渾身濕透，衣服緊貼身體。那濕了的頭髮，緊貼頸和臉。她的眉毛和臉，也有一些水珠。這一切，使她更迷人，她傲視着撫摸手臂的男人，忽然吃吃地笑了起來！

　　為群看着巧蓮，她的眼睛似在招引他，嘴角卻泛起嘲弄的笑容！他忘記痛楚，再撲上前，捉着她兩隻手，瘋狂進攻！當她有回應時，他便鬆開手，揭起她的裙子，將內褲除了出來。然後，他起來自己脫

褲。

　　兩人在地上纏在一起，當他快得手時，巧蓮卻在他肩膊咬了一下！為群大叫一聲，暫時不敢動。

　　巧蓮放蕩地笑了起來。最後，兩人還是發生了肉體關係。

　　他們整理好衣衫，坐在樹下互相對看。片刻，兩人同時笑了起來！

　　「我從未見過這樣厲害的女人！」他說。

　　「我不是處女，你後悔嗎？」

　　「這個我早猜到。」

　　她似笑非笑問：「如何猜到？」

　　「如果你是處女，才奇怪呢！我猜你一定是歷盡滄桑，才有那麼多迷惑男人的本領！」

　　「我不想提以前的事！」

　　「那麼，我們回去吧！」

　　「我一隻鞋趺在那邊呢！」

　　「不怕，我抱你去那邊穿回。」

　　為群抱着巧蓮，到先前的地方坐下。他拾起那隻高跟鞋，邊替她穿邊看看她。

　　「有甚麼好看？」她笑。

　　「現在你是我的人，非嫁我不可了！」

　　「我可沒有答應你！」

　　「憑我的地位、相貌、口才、能力，有哪一樣配不上你？」

　　「因為你是個浪子，隨時會變心！」

　　「那麼你呢？你是個小妖精！」

　　「我既是妖精，你還想娶我？」

「別人對你沒辦法，但我是你的剋星，可以收服你！」

「讓我考慮一下吧！」

「你不答應我，就不應處處引誘我！尤其剛才……」

「你說我引誘你？剛才我不是打了你，咬了你嗎？」

「雖然你打我、咬我，但你完全沒有呼叫，一點也不害怕。而且，你打我咬我，是想激我侵犯你！」

「你胡說八道！」她笑。

「我們半斤八兩，天生一對，你再也找不到更合適的人選了！」

「除非你以後完全聽我說話。」

「我聽，我一定聽！」

「你說過要自己做生意，是甚麼生意？」

「我想開一間小製衣廠。」

「資本呢？」

「爸爸留給我幾十萬元遺產，現在還有十幾萬。」

巧蓮瞟了他一眼，不再說話。

「我們走吧，衣服也差不多乾了。」他說。

正當周為群春風得意，準備和巧蓮結婚之際。有一天他在返廠上班途中，突被兩大漢圍毆受傷，大漢臨走前說：「這是姍姍小姐給你的一點小教訓！」

他想不到姍姍說得出做得到！但他沒有報警，自己去看跌打，然後回家休息。

黃昏，巧蓮去為群家中看他：「看你傷成這樣，一定是你勾引別人的老婆了！」

「是姍姍叫人打傷我的！」

「誰叫你自命風流！」

「你還激我！」

「你想我怎樣？」

「明天我們去註冊！」

「你不怕姍姍嗎？」

「我早已說過，願為你粉身碎骨！」

巧蓮用邪氣的眼睛看看他，微笑之間似信非信。

「你這大口怪，還笑我？」

巧蓮伸手打他，被他拉入懷中。

「快放開我，你說我是大口怪！」

為群推她躺下說：「現在我要看你的口有多大？是你吃我，還是我吃了你！」他撲在她身上。

七、生意失敗

周為群費了九牛二虎之力，終於奪得美人歸，與王巧蓮結婚，兩人過了一段短暫甜蜜的生活。然後，周為群開了一間山寨式製衣廠，有幾十部衣車。初時他倒也落力去做，事事親力親為。然而不久，他就感到工作繁瑣，巧蓮又抱怨他不陪伴她。周為群便漸漸無心打理廠務。結果，一次女工們抗議工價太低，集體離去；一次大廠不發貨給他，讓他不能如期交貨，最後銀行不信任。這間小製衣廠，便在幾個回合中完蛋，周為群十幾萬元蝕光！

他將廠押給他人，得回一些錢，還清欠債，只餘一、兩萬元！

周為群將生意失敗歸咎巧蓮，說是陪伴了她，致沒有時間打理廠務！

「你是花花公子，根本不是做生意的人材！」她反唇相譏。

兩人的感情陷入了低潮！

周為群開始後悔，覺得不應為了討好她，用十幾萬元做生意作孤注一擲！

一天，為群與巧蓮在餐廳飲下午茶。巧蓮單手托腮，另一手懶懶地攪動杯中的咖啡。為群則全神貫注去刨馬經。

「周仔，那麼清閒在飲下午茶呀！」

周為群抬頭一看，是個四十幾歲的中年人，中等身材，不肥不瘦，他西裝畢挺，面露笑容，但那對眼睛，卻有着精明的感覺。

「胡經理，原來是你！」為群急忙起來。

「這位是？……」

「我來介紹，胡偉業經理，大製衣廠老闆。我太太，王巧蓮。」

「胡經理。」巧蓮說。

「周太，幸會。」胡經理伸出手，要與巧蓮握手，眼卻定定看着她。

巧蓮有點不好意思，微笑低頭，沒有伸手與他相握。但胡經理似乎未察覺，仍呆看着她。

「坐吧，胡經理。」為群有點不快。

胡經理乘機坐下。叫過了茶，胡偉業問：「聽說你最近開了製衣廠，生意不錯吧？」

「不要提，倒閉了！」

「怎麼會呢？你是個人才，我一向賞識你，怎會如此？」

「胡經理，你如果賞識我，就不會幾次拒絕見我面了！」

「有這樣的事嗎？」胡經理不勝驚異，「不久之前，是有一個二世祖式的人來找我，求我幫忙，聽說他開了一間製衣廠，但我嫌他志大才疏，不肯埋頭苦幹，所以拒絕了他。他的花名叫做周圍滾，你叫周為群，可能我聽錯了！」

周為群感到話中有刺，更加不快，卻不敢發作。

巧蓮看了丈夫一眼，惡意地笑着。

「周仔，你生意失敗，想不想東山再起？」

「我有本錢嗎？」

「本錢……這個……不是問題。」

「胡經理，你肯幫忙我？」為群笑臉相陪，忙替胡經理加糖。

胡經理吸一口雪茄，看着巧蓮，眼裏滿含笑意。

巧蓮被迫視得低下了頭，臉微紅起來。她低頭用匙弄咖啡，眼裏瞟着胡經理的名貴金錶。

「胡經理，關於……」為群問。

「你明天去寫字樓見我吧。」

「真的？……好，我一定去！」

胡經理喝了兩口咖啡，也不徵求兩人同意，便吩咐侍者埋單。

「多謝三十六元。」侍者說。

「這裏一百元，不用找了！」胡經理說。

侍者連番多謝鞠躬。

胡經理看了巧蓮一眼。巧蓮報以微笑。

三人步出餐廳，胡經理說：「我送你們回去吧！」

「這怎好意思呢？」為群說。

胡經理手一揮，遠處一輛平治房車立刻駛來。胡經理替巧蓮打開車門，讓她先上車。三人都坐後座。

「周太有出來做事嗎？」胡經理問。

「她沒有做事很久了。」周為群忙說。

「我以前在製衣廠做過文員。」巧蓮說。

「你在製衣廠做過，那太好了！我那間廠，正缺乏一位女秘書，不知周太有沒有興趣？」

「她未做過秘書，一定不能勝任！」

「不要緊，我可以親自教她，幾天就上手了。」

「真的嗎？」巧蓮充滿喜悅。

為群暗中用腳踢了她一下，示意巧蓮不要答應。

「不知周太要求的待遇如何？」

「多少也不要緊，我旨在消磨時間！」

為群不快地看了巧蓮一眼。

「五千元一個月，好嗎？」

「好，太好了！多謝你，胡經理。」

「你隨時可以上班。周仔，你不反對吧？」

「不反對。」

「既然這樣，你後天上班吧。」

八、裂痕

第二天，周為群去見胡偉業。胡經理接見了他，說：「周仔，不

是我不想幫忙，但你實在不是做生意的人材！」

「你反悔了！」

「我怎會反悔？這樣吧，你先來我這裏做廠長，待穩定下來再作打算吧！」

「那麼工資方面……」

「六千元一個月，滿意了吧？」

「多謝你，經理。但是，關於我太太的工作，我想代她推辭。」

「你做廠長，她做秘書，夫唱婦隨，有何不好？」

「我不想她再拋頭露面！」

「你是懷疑我吧？你這是對我不信任，也對你太太不信任！如果你們夫妻恩愛，第三者就無從入手。相反的，就算你將她鎖在房中，她要變心，你也是無可奈何的！」

「但是，經理……」

「除非她親身向我辭職！」

周為群沉默不言。

「為群，」胡經理像個長輩，慈祥地看着他，「你太太是美豔動人，更難得善解人意。我也知道她才幹有限，但有她坐在經理室，客人來到談生意，成功的機會就大了很多，我的目的是這樣，你是誤解我了！」

周為群只好告辭。

回到家中，巧蓮正在試一套新衣，看見他忙問。

「你看這套衣服的顏色，配合我秘書的身份嗎？」

「巧蓮，不要做吧！」

「不做？周大少，你可以養得起我嗎？」

「我做了廠長，有六千元一個月。」

「六千元一個月夠你用，還是夠我用？」

「我已經替你推辭了！」

「甚麼？推辭了！你怎麼可以這樣做？」巧蓮很生氣。

「我是你丈夫，完全可以這樣做！」

「現在是甚麼時代？你還有權主宰我嗎？」

「巧蓮，你知道胡偉業對你不懷好意嗎？」

「原來你吃醋！」巧蓮得意地笑起來，顯得更動人！

　　她瞟了丈夫一眼，眼神中有卑視、憐愛、倔強以及色慾的光！

　　看着穿藍湖色連衣裙的太太，周為群一陣衝動！想到心愛的美人可能被有財有勢的胡偉業搶去，他內心燃燒着妒火！在愛恨交戰中，他抱起巧蓮衝入房中，放在牀上，替她脫衣。巧蓮愈掙扎，他就愈心急，動作也粗暴起來。最後，他還是得償所願。

　　「你現在相信我嗎？」巧蓮問。

　　看着赤身露體的太太：她的體態多麼迷人，肌膚多麼雪白嫩滑！她的頭髮濕了，貼着腮和前額！她鼻孔噴着氣，喘息着。她的嘴唇，露出滿意的微笑。剛才她瞳孔擴大，現在則閉上了眼睛，躺倒在自己的懷抱中！他滿意地笑了：「巧蓮，我相信你！」

　　「你六千元一個月，加上我五千，就可以過着小康的家庭生活！如我拒絕做秘書，不但少了一份收入，連你那份工也不保！」

　　「為甚麼？」

　　「因為你得罪了他！」

　　「是呀！所以我擔心你被他搶去！」

　　「既然你相信我，就不應該擔心。」

「人心險惡，他又有財有勢，我怎可以不擔心？」

「他有頭有臉，是不敢亂來的！」

周為群相信了太太的保證，兩人一同去工廠上班。但幾天之後，他有點失望了！他這個廠長，原來有名無實，一切由副廠長說了算！有一次，一個雜工走來向他請示。

「甚麼事？」他問。

「工廠廁紙用完了，幾天沒發新廁紙來。」

「這些事有專人管呀！」

「我交涉幾次，都沒有結果。找副廠長，他叫我問你。」

「副廠長在幹甚麼？」

「在開會。」

周為群很生氣，將雜工趕走！

不如意事接踵而來，有幾次太太在工廠看見他，竟然不打招呼！「胡經理在場，她就不跟我打招呼？」他愈想愈生氣，終於忍耐不住，回家質問巧蓮。

「大家是夫妻，天天見面，為甚麼要那樣多禮節？」

「我發覺只有胡經理在場，你才不和我打招呼！」

「你這話是甚麼意思？」

「甚麼意思？你自己知道！」

「神經病！」

「你說甚麼？」

巧蓮拿起手袋，開門往外走。為群擋着去路。

「讓開！」她冷冷地說。

周為群放開了手，巧蓮頭也不回離去。

九、徬徨

王巧蓮奪門而出，心緒不寧在路上走着。最初她肯嫁給周為群，是覺得他年青英俊，口才好，有作為！但是現在，他所有的這些優點，忽然全部變成了缺點！他只是個志大才疏，油腔滑調的花花公子而已！如果説他還有一點長處，那只是在牀上給她的滿足！她開始不滿，後悔嫁給他了！

上星期，胡經理送了一套名貴的法國時裝給她，使她頗感意外，便説：「無功不受祿，我怎可以接受？」

「你不接受，這套衫便等如垃圾！」胡經理説。

「為甚麼？」

「它是別人送給我太太的。但她的年紀大了些，而且不在香港，去了美國度假。」

「你可以等她回來。」

「她可能幾個月才回來。她媽媽病了！」

巧蓮想拒絕，但那套衣服像有磁力一樣，吸引着她。

「只要你努力工作，就等如報答了我。」經理像個慈祥的長者。

她將時裝收藏起來，不讓為群知道。而且，她有種犯了罪的感覺！

為群回來，她服侍週到，替他寬衣解帶。然後，她換上性感睡衣，在頭髮上灑上香水，緩步走到他面前……

回想起來，她覺得自己完全無需那樣做！而且，就因為他，她才沒有機會穿上那套時裝！

巧蓮去街上留連深夜才回去，打開門時，裏面漆黑一片。剛想開燈，為群擁抱着她説：「巧蓮，我還以為你不回來呢！都是我不好，

你原諒我吧！」

巧蓮推開他，開了燈，看見丈夫癡癡地看着她，帶着誠惶誠恐的憔悴，心不禁軟下來。

「我替你放好了水，你可以冲身了。」

巧蓮懶懶地走進浴室，為群替他遞毛巾衣服。沐浴完畢，她坐在牀沿，為群忙替她梳頭。

巧蓮跌了一個髮夾，彎身去拾，為群手先到，拾起遞給她，露出討好的笑容。「快去熄燈吧！」巧蓮白了他一眼。

第二天中午，胡經理請巧蓮吃飯，給她一小盒東西。巧蓮打開，是一顆大鑽戒，金光閃閃！

「喜歡嗎？」

「一定值不少錢了！」

「現在是你的了！」

「我的？」

「不錯，我送給你的。」

「經理，我不可以接受！」

「為甚麼？」

「因為我是周為群太太！」

巧蓮放下鑽戒，不辭而別。

下午胡經理回來，巧蓮向他道歉。

「不要緊，你這樣做也對，周仔真幸福！」胡經理若無其事，像個慈祥的父親。

一個星期後的一天，王巧蓮回到工廠，進入經理室，翻開文件，赫然看見一張照片，那是一個男人擁着一個舞女的接吻鏡頭，漆黑之

中不用閃燈，顯然用紅外線菲林所拍攝。而這個男人，正是她的丈夫周為群！

「經理，這照片……」她的心一陣狂跳！

「唉！這件事我本想不讓你知道。但你上次拒絕我的禮物所表現的堅決態度，使我深受感動，同時替你不值！你專心對他，他卻這樣對你！」

「這是……真的嗎？」

胡偉業無限嘆息，緩緩地點頭。

巧蓮伏在桌上哭泣！

「你哭吧，哭對你會有好處。」經理輕撫她的背。

「經理，你怎會知道的？」

「是我無意中在夜總會看見的。如果我不拍下照片，你就會以為我想離間你們夫妻感情了！」

「我要回去質問他！」

「這本來可以，但我就會捲入漩渦了！我建議你暫時不動聲色。」

第二天，胡經理又送那隻鑽戒給巧蓮。

巧蓮疑問地看着他。

「我別無企圖。不過既然買了，沒有人戴未免可惜。你將來不喜歡，可以再還給我。」

巧蓮想了一會，決定接受。黃昏，她帶着鑽戒回家。為群看見，質問她：「胡經理送的？」

「是又怎樣？」

「你……」

「你做初一，我做十五，天公地道！」

「你説甚麼？」

「若要人不知，除非己莫為，你對得我住！」

「你今天好像語無倫次，就為了掩飾你作賊心虛！」

「你在外面有了別的女人，你承認嗎？」

「誰？在甚麼地方？」

「你還和那個女人當眾接吻！」

「誰告訴你的？」

「現在你不打自招了！」

「那晚我是喝多了酒，逢場作戲而已！」

「你這個花花公子，以前就喜歡攬三攬四，現在依然死性不改！」

「你咄咄逼人，不過惡人先告狀，來欺騙你自己的良心而已！你這個淫婦！」

「你説我是淫婦，好，我們分手吧！」

「你……」

「怎麼樣，不敢嗎？」

「巧蓮，算我錯，你原諒我吧！」

「根本就是你錯！」

「是，是我錯！」

這一晚，為群百般挑逗，巧蓮只是勉強順從。

半個月又過去了。

有一晚，巧蓮回家，深夜還不見丈夫回來。電話響。是胡經理。

「還未睡嗎？在等周仔？他現在美人在抱，已忘記你了！」

「你説甚麼？」巧蓮急問。

「你落樓下等我，我帶你去捉姦！」

　　收線後，巧蓮如言落樓，約十分鐘，胡經理駕車來到。巧蓮上了車，一言不發。胡經理也不說話。不久，抵達一家私人屋邨。胡偉業帶巧蓮上樓，在一單位停下。胡經理用鎖匙開門。兩人入內。胡打開睡房門，亮了燈，見一男一女赤裸睡在牀上，兩人睡得正濃，男的就是周為群！巧蓮掩臉，疾走出房，奪門而去。胡偉業急忙追出。

　　坐進車廂，巧蓮伏在胡經理肩上哭泣！胡經理只是嘆息。良久，巧蓮問：「你怎麼知道？怎會有鎖匙開門？」

　　「這屋原是我的物業，當然有鎖匙。周仔要向我借幾天，我感到奇怪，想去看個究竟，無意中撞見了！」

　　「他真是死性不改，窮心未盡，色心又起！」

　　「這女人看來不似交際花，而是良家婦女！」

　　「你說他勾引別人的老婆？」

　　「這我不知道。但他顯然想有第二頭住家！」

　　「多謝你告訴我。」

　　「不必多謝。我在酒吧落車，司機會送你回去。」

　　經理落車後，巧蓮頗感意外！

　　第二天巧蓮見到胡偉業，吞吞吐吐，欲言又止。

　　「你有話不妨直說。」胡經理說。

　　「我想和他分居，搬出來住！」

　　「這正合我心意！」

　　「你說甚麼？」

　　「我是說，想請你做我的管家，住在我家中。自從我太太去了美國！家中樣樣沒有人料理！」

　　「請我做管家？」

「是呀，我家有一個花王，一個廚師，兩個工人，全由你管理。你不必住工人房，可住客房。將來周仔回心轉意，也可搬來我家。怎麼樣？」

巧蓮起初以為胡經理對她有意，但後面的説話，又使她不大明白。她看一下胡經理，一派仁慈長者模樣。為了試探他，便故意弄跌文件，在他面前低頭拾起來，露出半邊胸。她偷眼看他，胡經理目不邪視，好像不為所動。

「我甚麼時候返工？」

「隨時歡迎。不如……就今晚吧。」

「好，現在我回去收拾行李。」

「我派司機在樓下等你，直接去我家。」

巧蓮回家收拾行李，也不留下字條，就去胡經理家，那是半山的高尚住宅，單是花園，已達二千多呎！

黃昏胡偉業回來，介紹四個工人給她，又對工人們説：「今後王小姐是我的管家，你們要聽她吩咐。」

晚上胡經理和巧蓮一同進餐。

十時許，巧蓮換上睡衣，坐在房中。胡經理身穿睡衣，敲門進來。巧蓮心情很複雜，既興奮又害怕，既疑忌又歡喜，她估計今晚有事情要發生了！

巧蓮坐在牀沿，胡經理坐在椅上，相距六、七呎。

「怎麼樣？習慣嗎？」

「不知道。」她低下頭。

「這裏空氣好，你不會失眠的。」

她沒有回答。

「好好休息吧！」

胡經理說完，行出房門，順手關了門。這一切，愈使巧蓮大惑不解？

一個星期過去了。胡經理不但沒有不軌行為，連摸她一下也沒有。巧蓮的心情，也由當初的疑懼，變為敬佩。而現在，卻有點失望了！

黃昏，胡偉業與巧蓮一同進膳。他忽然嘆息起來！

巧蓮疑惑地看着他。

「唉，巧蓮，為群兩天前問過我，知不知道你去了哪裏？我說你在我這裏。他如想見你，就要斬斷和那女人的關係。他並沒有表示，顯然還迷戀那個女人！」

「我對他已完全死心了！」

「你也不要太快下結論，浪子回頭金不換。他如能改過，你應該原諒他。」

巧蓮淒然冷笑了一下！

「對不起，我影響了你的食慾！」

「不要緊。」

飯後，胡偉業返回自己房中。巧蓮在廳中呆想了很久。到離開飯廳時，已是晚上九時了。她行經酒櫃，看見裏面有很多酒，就拿了一支不太烈性的甜酒，在房中獨自喝了兩三杯。

酒入肚中，熱力四散，頭重腳輕，周圍景物不太清晰。她感到自己兩頰燙得厲害！坐在梳妝鏡前，照見自己醉紅的臉，高聳的鼻，嬌豔欲滴的嘴唇；還有她迷人的身材！她半閉着眼，露出長長的睫毛，浪笑起來了！

她身體的熱力繼續增加，達到不能忍受的程度！她離開房子，步

履不穩地走着。經過書房，裏面有燈光。她推門入內，胡偉業身穿睡衣在看書。

「偉業，還未睡嗎？」

「是你，巧蓮。你喝了酒？」偉業扶她坐下。

「我覺得很熱，想出來吹一下風。」

「你醉了，我扶你回去休息吧。」

胡偉業扶起巧蓮，她卻倒在他身上，軟綿綿的。偉業拖她不動，只好扶她坐回椅上。

「偉業，我覺得很熱，你替我脫去連衣裙吧！」她半閉着眼，臉色醉紅，笑着，將胸脯挺得很高。

偉業避開她的視線：「我去叫工人來扶你。」

巧蓮自己脫去連衣裙，只餘胸圍及內褲。

偉業看見她修長的大腿，迷人的胸脯，尤其那雪一樣白的肌膚，是那麼幼嫩，但她的臉頰，卻是醉紅的！他沒有動。

巧蓮行近他，跌倒在他懷中。她聽見他急速的心跳，和手足無措的樣子！於是她浪笑着說：「現在你想怎樣也可以。」

出乎她的意料，偉業推開了她，疾走出房門，消失了。

當關門聲響過，她伏在桌上失聲痛哭起來！

一個月過去了。

一晚，偉業帶了一個人來，對巧蓮說：「你看誰來了？」

那是個十分憔悴的中年人，頭髮蓬鬆，兩眼深陷無神，嘴唇乾裂，臉色青白，步履不穩！這樣的人會是誰？流浪漢？乞丐？道友？

「巧蓮。」那人說。

聲音是多麼熟悉，但她一時想不起！終於，兩人目光相碰。啊，

原來是他，為群！

「是你？」她説。他點點頭。

「你們好好談一下吧。」胡經理行了出去。

「怎會弄成這樣？」

為群羞愧地搖頭，避開她的目光。

「你來找我幹甚麼？」

他欲言又止，東張西望。終於，他用低得幾乎聽不見的聲音説：「你有錢嗎？」

「你要錢幹甚麼？」

「我借了貴利！」

「為甚麼？……要多少？」

「兩萬元。」

「我沒有錢！我和你已分居，彼此毫無瓜葛。」

「你真的不念我們……」

「你還敢説這句話！」她大聲喝斥。

胡經理走了入來：「你們怎麼啦？」

「他向我勒索二萬元還貴利！」

「為群，你太不長進了！好，這二萬元，我給你吧。」

「不要給他！」

「你們總算一場夫妻，為群又曾在我那裏辦事。唉，為群，我開二萬元支票給你，以後要洗心革面了！」

「一定，一定！」

胡經理開了支票，巧蓮一手奪過説：「你要答應我一個條件，我要和你離婚！」

周為群無言地點頭。

「巧蓮，你太衝動了！為群還年青，他會改過的。」

「你還替他求情！哼，你以後不要再來找我！」

胡經理將支票給周為群，用眼色示意說：「你先走吧，她現在心情不好。」周為群感激地看了胡經理一眼，向他們鞠躬，走了。

「唉，為群真不爭氣，我聽說他因為流連歡場，染卜了性病呢！上次他虧空公款，我本想給他一次機會，但廠內已知道，我才不得不公事公辦！」

巧蓮沒有說話。

「吃飯吧。」偉業說。

「我不想吃！」

「那麼，陪我喝杯酒吧。」

她點頭，巧蓮喝了兩杯，已微醉，胡偉業叫工人扶她回房休息。

一天晚上，巧蓮吃過晚飯，穿着睡衣在房中看雜誌。窗外雷聲大作，豆大的雨敲打着窗戶。她寂寞地翻看着一篇愛情故事。

有敲門聲，是胡偉業，他身穿睡衣進來，仍是一派長者風範。

「巧蓮，還未睡嗎？」他坐在她旁邊。

巧蓮不動，仍伏在牀上看小說。

胡偉業將一隻手放在她肩膊，巧蓮仍不以為意。

他放在肩膊的手開始輕輕地撫摸她。

巧蓮看他一眼，繼續看書。

他的手由肩滑下腰部，進至屁股，撫摸着。

巧蓮驚覺地注視着他，眼神中充滿疑惑！

很快，他的手從屁股抽上，直伸入她上衣內。

巧蓮整個人震動了一下，坐了起來：「你！？」

他眼神中流露出色慾的光。

她白了他一眼，浪笑着說：「狐狸終於露出了尾巴！」

他替她脫衣服。她臉色桃紅、兩眼半閉，笑着看他。

胡偉業終於得到了巧蓮！

「最初你故作君子，我還以為你無能為力呢！」她說。

「現在呢？」

「想不到你寶刀未老！但我不明白，為甚麼你能忍耐到現在？」

「你以為我真是個偽君子？」

「比偽君子好不了多少！」她笑。

「以我的地位，想得到一個女人的身體，太容易了！我除了想得到她的身，還想得到她的心！」

「你真是老奸巨猾！」

「為甚麼這樣說？」

「你在餐廳第一次看見我，就心存不軌，你承認嗎？」

「我承認。你太迷人了！但是，當時你是別人的太太，我怎可以橫刀奪愛？」

「說得多動人！你其實處心積慮想得到我。譬如請我做女秘書，送禮物給我，請我做管家等，不是嗎？」

「我是想接近你，多看你幾眼。但是，僅此而已。我有侵犯過你嗎？」

「但現在你又……」

「因為你和為群的關係已不能挽回，你對他已死了心。」

「他變成這樣，你一定很高興，因為可以得到我，是嗎？」

「我其實是為他婉惜！」

「你這樣做，算不算乘人之危？」

「你離開他，沒有了我，你還依靠誰？」

「但你年紀太大了，又有太太！」

「我不會勉強你。剛才你如反對，我也會停止。我需要你的美貌，你需要我的金錢，各得其所，不好嗎？」

「你侮辱我！」

「這是觀點問題。其實你也不是一個安份守己的女人，你不會是一個賢妻良母！但那是過了時的，古老的傳統思想！在現時的功利社會中，誰不想多些享受人生？」

「如果你肯和太太離婚，我願意嫁給你！」

「我在社會上有地位，不可以這樣做。你在法律上雖沒有名份，但我將來的財產，是不會少了你的！」

「真的？」

「當然。但有一個條件。」

「甚麼條件？」

「你絕對不可以做對不起我的事！」

「你不相信我？」

「你太誘惑人了！男人鋒芒太露，會遭人妒忌，甚至受殺身之禍！女人太美，會惹人垂涎、爭奪！」

「要不要我用墨塗污自己？」她笑。

「你在這裏，我很放心。」

「你將我當鳥兒困在籠內！？」

「這樣不好嗎？風大雨大，你走去哪裏？」

巧蓮緊緊地偎依着他，閉上了眼睛。

此後，巧蓮成為了胡偉業的黑市太太。胡偉業雖年近五十，精力稍遜，但補品吃得多，加上經常運動，經驗豐富，花樣繁多，巧蓮倒也滿意。

十二、死訊

半年過去了。奇怪的是胡太太還未回來。一天，周為群卻突然來到！他比幾個月前，更憔悴瘦削，一臉蠟黃蒼白，像個肺癆鬼！

「你來幹甚麼？」巧蓮滿臉討厭神色。

「我是你丈夫呀！」

「你不是！」她怒喝。

「我知道你跟了他。但你不要忘記，我們還未正式離婚！」

「你想威脅我？」

「不敢。要辦離婚手續也可以。」

「你要甚麼條件？」

「給我五萬元！」

「你真是不知羞恥！」巧蓮大怒，雙手大力推他一下，他竟失去重心，跌在地上！

周為群流出了眼淚！

巧蓮入內，取出二百元，擲在地上：「你走，以後不准你再來！」

為群拾起二百元，蹣跚地走了！

花王送走他，嘆息地對司機說：「他竟變成道友！」

司機神秘地冷笑，好像知道內情。

巧蓮穿着鮮紅低胸連衣裙，六吋高跟鞋，坐在綠色花園躺椅上，交疊雙腿，兩手抱胸，長長的耳墜，來回盪漾。她臉色微紅，還在生氣！

黃昏，胡偉業回來，看見了她問：「誰得罪你啦？」

巧蓮鄙夷地朝大門白了一眼：「不要提了！」

「他來過？」

「你怎麼知道？」

「我坐的士回來，在附近看見他。」

「不要提他好不好？」

「好。今晚你想吃甚麼？」

「今晚才算吧。」

胡偉業想入內，巧蓮叫住他。

「甚麼事？」

「我走不動了，你抱我入去。」

胡偉業抱起她，行經花園一處灌木草叢，巧蓮跌了一隻高跟鞋，偉業放她落草地，拾起鞋時，她卻躺倒在草地上，含笑招引他。

「這裏易着涼，回房中吧。」

她笑着不動，將另一隻鞋踢入草叢。

胡偉業動手拉起她，被巧蓮反拉，壓在她身上。

她放蕩地笑起來！

兩人終於在草叢中苟合。

胡偉業大感刺激，全力以赴，弄得精疲力竭。

「你這小淫婦，真有兩手。」

「我現在是你的人了，為甚麼說我是淫婦？」

「對，對！你來，我給你看一件東西。」

「甚麼東西那樣神秘？」

兩人整理好衣服，偉業拖着巧蓮，行入他睡房，在暗格取出一支手槍來。

「你要幹甚麼？」她驚呼。

「你不要怕，這是我的自衛手槍。」

「燒槍很容易嗎？」

「很容易，射中目標就不容易。但在近距離，或目標大，也不困難。」

胡偉業心情興奮，細心向巧蓮講解發射的方法。最後，他將槍收回暗格：「現在只有你和我知道手槍所在。」

「為甚麼暗格沒有鎖？」

「如上了鎖，遇上意外，就會來不及取槍了！」

巧蓮點點頭。

「為群弄至今天田地，真是可惜！」

「他現在是生不如死！」

「你真的想他死？」

「死了免得來麻煩我！」

「最毒婦人心，真是不錯！」他笑捏她一下。

巧蓮吃吃地笑，倒進他懷中。

幾天後的黃昏，胡偉業和巧蓮一同進餐時說：「他死了！」

「誰？你說誰死了？」巧蓮停止吃飯。

「你的前任丈夫，周為群死了！」

「為甚麼會死？」她面露驚疑。

「他在山邊打嗎啡針，警探出現，他逃走，失足跌下山坡死了！」

「真想不到！」巧蓮長嘆一聲，像聽一個普通故事。

「你傷心嗎？」

「為甚麼傷心？是他對不起我在先！」

「一夜夫妻百夜恩呀！」

「我對他只有恨，沒有其他！」

「我會替他火葬，骨灰存放佛堂內。」

「你太仁慈了！」

「是嗎？」他忽然冷笑起來。

十三、風波

一晚，胡偉業打電話給巧蓮，說晚上很夜才回來，叫她自己吃飯。他又留下司機，由她差遣。

巧蓮吃過晚飯，沐浴完畢，在房中看了一會小說，已是十時。她穿着粉紅色睡衣出房，走近工人房對司機說不用車，叫他可以睡覺。司機不停注視她。巧蓮不以為意，只白了他一眼，就回房中睡覺。

她在矇朧中聽見敲門聲，以為偉業回來，為了使他驚喜，便故意不開燈，走去開門。

　　門開了，一個男人跌跌撞撞入來，他身上滿是酒味，顯然喝醉了！巧蓮扶他上牀。他剛到牀邊，便將巧蓮推跌牀中，動作粗魯。巧蓮覺得不對勁，翻身起來開了燈，來人不是偉業，竟是司機！

　　「你好大膽，竟敢對我無禮！」

　　「我有甚麼比不上老闆？除了錢之外，我樣樣勝過他。我年青、英俊、強壯，與你才是天生一對！」

　　「你真是癡心妄想！你再不走，我叫老闆炒了你！」

　　「他有痛腳在我手，是不敢炒我的！」

　　司機步步進迫，巧蓮逃走，被他捉着，撕破睡衣，擁抱着說：「你這小淫婦，見利忘義，今晚我要替姓周的懲戒你一下，哈哈！讓我首先將熱力輸送給你吧！」

　　「停手！」胡偉業大聲怒喝，站在門外。

　　司機放手，詐醉行出房門。

　　胡偉業大力掌摑他一下：「你在幹甚麼？」

　　「我喝多了酒。」

　　「你立刻給我滾，明天回公司支取最後人工！」

　　「老闆，你原諒我一次吧！」

　　「沒有得原諒，立刻滾！」

　　「胡經理，你不要趕狗入窮巷呀！」

　　「怎麼樣，你敢打我嗎？來人呀，來人呀，快將這無賴趕走！」

　　兩個工人趕來，押着司機。

　　「胡偉業，我一定要揭穿你陷害周為群的陰謀！」

　　工人押走司機後，巧蓮問：「他剛才說甚麼？」

　　「沒甚麼，他胡言亂語而已！」

「他說你陷害他——周……」

「你眞的相信他的話嗎？」

巧蓮沒有再追問，換過一件睡衣，上牀休息。

幾天後的中午，巧蓮在房中剪指甲，有人敲門。她去開門，大吃一驚，正想呼叫，口已被人掩着。那人正是司機，他關了門，鎖緊了，才放開她。

十四、大陰謀

「你想幹甚麼？」她十分恐懼。

「王小姐，我絕無惡意，你放心。我來，是想告訴你一個大陰謀！」

「甚麼大陰謀？」

「是胡偉業陷害你丈夫周為群的經過！」

「你以為我會相信嗎？」

「你會！因為我就是這件事的執行者！我替他賣命，犯了一些小錯，他就反臉不認人，今天我決意來個一拍兩散！」

「為群眞的給他害死？」

「一切都是他佈下的圈套！」

「你說吧！」

「我冒險爬入來，不能沒有報酬！」

「你要多少錢？」

「我不要錢！」他定定的看着她。

「我明白。你等我一會。」她行出房，對工人說不吃飯。然後，她返回房中，上了鎖。她將紅色羊毛外套除下，然後是恤衫、裙子，最後一絲不掛站在他面前。

司機也脫光衣服，擁着她上牀，佔有了她。

「你可以說了吧？」巧蓮起來，穿回衣服。

司機也穿好衣服，冷笑說：「我今天得到你的身體，一來滿足了我的心願；二來給他帶了綠帽，也可洩我心頭之憤！」

「你可以說了嗎？」她有點不耐煩。

「胡偉業在餐廳第一次看見你，就處心積慮要得到你。他首先派我和你丈夫做朋友，帶他上舞廳。你丈夫是個花花公子，落難之時有人請飲請食，自然求之不得。那張他和舞女的接吻照，是我請人用紅外線菲林拍的！」

「那麼，住宅中裸睡呢？」她驚疑地問。

「是我先將他灌醉，載他去老闆住宅，脫光他衣服。那個女的，是我請來的舞女。」

「啊！」

「你在激動之下，答應胡偉業做女管家，就更與丈夫分離，誤會也加深了，然後，我騙他去賭錢，用天仙局贏他，再迫他虧空公款，老闆乘機炒了他！他走投無路，只好借貴利！」

「胡偉業曾說他染上性病！？……」

「老闆怕你們見面舊情復熾，最後冰釋前嫌，命我介紹一個染有梅毒的妓女給他，他就染上性病！」

「這太狠毒了！」

「為了完全剷除他，我又奉命在煙中藏入白粉，使他染上毒癮！」

「然後呢？」

「他毒癮逐漸加深，最後要用注射方式，已離死期不遠了，但老闆還不放過他！」

「怎樣不放過？」

「我引他去一個危險山坡吸毒，說很安全，然後暗中通知警探。警探也受了利益，不活捉他，只在後面追趕，結果他精疲力竭，失足跌死了！」

巧蓮的眼睛直視著司機，睜得很大，眼神中充滿恐怖、疑惑、悲傷、憤怒！

「我走了！」司機後退，疾走出房。

巧蓮以為自己造了一個夢，現在還在夢境中！

她狠捏自己一下，痛得眼淚直流！

巧蓮以為剛才只是自己的幻覺，一切皆不足信。

但是，她的乳房還隱隱作痛，分明是司機的所為！廢紙箱內，那些廢紙，沾有司機的精液！

一定是司機編造的謊言，目的為了報復，為了佔有她，是司機誣陷了偉業！

但是，當她冷靜地陷入回憶中，覺得一切都與司機所說的不謀而合！

「這是巧合而已！」她還存有最後的幻想。在她印象中，偉業是個成功商人，仁慈長者。他的目光，永遠充分了 容和仁慈！「如果他對我有不軌企圖，為甚麼那樣規矩？那晚我喝醉，故意引誘他，他也不為所動，為甚麼？」

「因為我不單想得到你的身體，還要得到你的心！」

「他真是一個深謀遠慮，老奸巨滑的人嗎？」她覺得太可怕了！

巧蓮全身發抖，仇恨的目光看着藏槍的暗格！

然而，當她想起半年來胡偉業對她無微不至的照顧關懷，對她瘋狂的愛！司機只對她輕薄，他就怒不可遏，不顧一切趕走他！他用種種手段，包括最卑鄙的手段，無非為了得到她而已！「不愛江山愛美人」，他這樣癡心，難道不值得原諒嗎？於是巧蓮甜蜜地笑了！「易求無價寶，難得有情郎。」她輕輕地唸着。

這時，在她腦海中，忽然浮現起一個瘦骨嶙峋，隨時會被風吹走的人，她竟推跌了他——為群！

當胡偉業將他從困境趕入絕境，巧蓮已對為群完全死心，一心一意、死心塌地對偉業了。但是，他——胡偉業，竟還不放過他，要將他置之死地而後快！為甚麼？她實在不能想像世間竟有這樣卑劣殘忍的人！他的行為，比殺人放火的強盜更可恥！強盜犯法，坦然承認；但他是偽君子，殺人不用刀，不見血，將對手連骨也吞下！

她想了很久很久，直至胡偉業回來。

十五、最後的晚餐

「巧蓮，吃飯了，還在想甚麼？」胡偉業低頭，輕吻她一下。

巧蓮緩緩抬頭，無言地看着他。

「甜心，你面色很難看，不舒服嗎？」

她沉默地搖頭：「我沒胃口，不吃了。」

「好吧，我在這裏陪你。」

　　她一點反應也沒有。

　　「你今天怎麼啦？」

　　她露出一個寂寞的微笑：「沒甚麼，有點疲倦！」

　　「好，你躺下休息吧，我一會才來。」

　　胡偉業走後，巧蓮躺下，內心一片空虛。她的眼睛無力地看着遠山和藍天，她病倒了！

　　一連三天，經過醫生診治，説是疲勞和思想過度！而巧蓮三晚沒有與偉業同牀。

　　第四晚深夜，胡偉業喝醉了回來，闖進巧蓮房中。燈光下，巧蓮看見了為群，他為了她，被舞女姍姍派人毆打，受了傷，跌跌撞撞向她走來！

　　胡偉業在她面前脫衣服。

　　巧蓮與為群走進水塘引水道，在一處地方坐下，她全身被水濕透！

　　胡偉業揭去她的被，動手替她脫衣服。

　　為群抱着巧蓮走去一處灌木叢中，她的鞋子跌了！

　　胡偉業壓在她身上。

　　為群壓在巧蓮身上，巧蓮狠咬他一下！

　　「巧蓮你為甚麼咬我？」偉業問。

　　「我……不知道？」

　　「原來你有虐待狂的！你的口雖大，但我不怕。看我用口封着你的口！」

　　為群説：「你這大口怪……」

　　「你説我是大口怪！？」

　　巧蓮打為群，被他捉着，拉入懷中：「我要你求生不得，求死不

能！」

「你可以嗎？」巧蓮緊緊擁抱着為群……

「巧蓮，我三晚沒有來，想不到你也等得不耐煩，今晚你比任何一次都放蕩！我真是死也願意！」

「死？」她機械重複。是的，為群已經死了！淚水自她眼眶流下！

「甜心，你為甚麼哭？」

巧蓮怨恨地看他一眼：「你走，你快走！」

「你不舒服，我是不應來的。你好好休息吧，我去客房睡。」

此後的幾天，巧蓮完全不吃飯，只飲一兩杯牛奶。她消瘦蒼白得厲害！有兩次胡偉業想來與她同牀，都被她趕走了！

她的病日益沉重，幾個大醫生束手無策！

「醫生，她患甚麼病？」偉業問。

「她似乎有很多心事，而且喜怒無常！」

「是不是神經衰弱？」

「比這還嚴重！」

「你是說……」

「我建議你找一個精神科醫生來看她！」

「她有神經病？」

「心理的結徵，只有心理醫生才能有所幫助。」

第五天胡偉業帶來一個心理醫生，進入房中時，巧蓮卻不見了！

「偉業，甚麼事呀？」

他回頭一看，不勝驚異，她是巧蓮，卻一點病容也沒有。她臉色紅潤，神采飛揚！穿一套深紅連衣裙，一條白色腰帶，白色高跟鞋，黑色襪褲。她兩頰塗有胭脂，血紅的口唇，連眉毛眼睛也化了妝。今

天她帶了一對銀色長耳墜，説話時來回盪漾！

「你太太很美，她沒有病呢！」

「這是醫生吧？我沒有病呀！」

「但這幾天，我給你嚇死了！」

送走醫生，巧蓮説：「今天我為你預備了豐富的晚餐！」

偉業擁抱着她親吻。巧蓮微笑推開她。

「你今天的打扮太動人了！甜心，今晚我一定要⋯⋯」

「你説甚麼！？廚師來了！」

「好，不説。你説今晚是甚麼晚餐？」

「有清蒸石斑，茄汁焗蝦，竹笋蟹蓉湯，還有很多。」

「這些都是我喜歡吃的。但我看見你，已不想吃了！」

「為甚麼？」

「你未聽過秀色可餐嗎？」

巧蓮嫣然一笑：「不吃飯，你今晚有力嗎？」

「説得對，好，我要飲番兩杯。」

進餐時，胡偉業飲酒，巧蓮卻不喝。

「你為甚麼不喝？」

「我醉了，誰服侍你？而且，也沒有情趣。」

「甜心，你想得真周到！」

「今晚可能是我們最後的晚餐！」

「難道説，你要離開我嗎？」

「我怎捨得離開你？但如你太太回來，我就非走不可了。」

「你可以照做女管家。」

「然後我們偷偷摸摸，更刺激有趣！」

「你真了解我。難怪多少人為你傾倒！」

胡偉業很高興，喝了不少酒，早有幾分醉意。他帶着醉眼，撲向巧蓮，撲了個空。

「何必那麼急？」

「我忍受不住了！」他又撲去。

「我房中等你。」

巧蓮走後，胡偉業踏着醉步，邊哼歌邊進房。門開了，又關了。

「不許動！」巧蓮用槍指着他。

「不要拿槍開玩笑，會走火的！」

「誰跟你玩笑？今晚我要殺死你！站着，不要動。」

「巧蓮，你瘋了啦？醫生說得不錯，你精神有毛病！」

「你才瘋！司機已將你如何害死為群的事告訴我了！」

「你知道了！？唉，這樣的花花公子，死不足惜呀！」

「你這樣卑劣，根本不是人！你沒有資格活在世上！」

「巧蓮，你聽我說。」他跪在地上，淚流滿面，「我一切的所為，都為愛你呀！」

「你趕盡殺絕，不留餘地。明天你玩厭我，另有新歡時，又會用這種手段對付我！」

「不會的！」他哭叫着，爬向巧蓮。

「砰」的一聲，胡偉業胸口鮮血直冒，他很快倒地死去，眼睛得很大，充滿了驚恐！

巧蓮淒然一笑，跪着向窗外遙拜：「為群，我對不起你，但我已替你報了仇！你等我，我來了！」她用槍對準胸口，扳動一下，子彈強力衝擊心臟，巧蓮倒在地上，微笑地閉上眼睛！

銀河系叢書 09

奇緣

作　　　　者：劉樹華
責　任　編　輯：王芷茵
校　　　　對：曾凱婷
美　術　設　計：張智鈞
法　律　顧　問：陳煦堂 律師

出　　　　版：初文出版社有限公司
電　　　　郵：manuscriptpublish@gmail.com
印　　　　刷：柯式印刷有限公司
　　　　　　　香港北角屈臣道 4-6 號海景大廈 B 座 605 室
　　　　　　　電話 :(852) 2565-7887　傳真 :(852) 2565-7838

發　　　　行：香港聯合書刊物流有限公司
　　　　　　　香港新界荃灣德士古道 220-248 號
　　　　　　　荃灣工業中心 16 樓
　　　　　　　電話 :(852) 2150-2100　傳真 :(852) 2407-3062

臺　灣　總　經　銷：貿騰發賣股份有限公司
　　　　　　　電話：886-2-82275988　傳真：886-2-82275989
　　　　　　　網址：www.namode.com

新加坡總經銷：　新文潮出版社私人有限公司
　　　　　　　地址：71 Geylang Lorong 23, WPS618 (Level 6),
　　　　　　　　　　Singapore 388386
　　　　　　　電話：(65) 8896 1946　電郵：contact@trendlitstore.com
　　　　　　　網店：https://trendlitstore.com

版　　　　次：2021 年 6 月初版
國　際　書　號：978-988-75149-3-0
定　　　　價：港幣 98 元　新臺幣 300 元

Published and printed in Hong Kong